最初的花朵

邓洪卫 著

DENGHONGWEI WORK

与文学名家对话·中国当代获奖作家作品联展

高长梅 王培静 ◎ 主编

花山文艺出版社

图书在版编目(CIP)数据

最初的花朵 / 邓洪卫著. – 石家庄:花山文艺出版社,
2013.7(2021.6 重印)

(与文学名家对话:中国当代获奖作家作品联展 / 高长
梅,王培静主编)

ISBN 978–7–5511–1283–3

Ⅰ.①最…　Ⅱ.①邓…　Ⅲ.①散文集 – 中国 – 当代
②小说集 – 中国 – 当代　Ⅳ.①I217.2

中国版本图书馆 CIP 数据核字(2013)第 153918 号

丛 书 名:与文学名家对话:中国当代获奖作家作品联展
主　　编:高长梅　王培静
书　　名:**最初的花朵**
作　　者:邓洪卫

策　　划:张采鑫
责任编辑:于怀新
责任校对:齐　欣
特约编辑:李文生
全案设计:北京九洲鼎图书有限公司
出版发行:花山文艺出版社(邮政编码:050061)
　　　　　(河北省石家庄市友谊北大街 330 号)
销售热线:0311-88643221
传　　真:0311-88643234
印　　刷:永清县晔盛亚胶印有限公司
经　　销:新华书店
开　　本:710×1000　1/16
字　　数:155 千字
印　　张:11.5
版　　次:2013 年 8 月第 1 版
　　　　　2021 年 6 月第 2 次印刷
书　　号:ISBN 978-7-5511-1283-3
定　　价:39.90 元

C 目 录
ONTENTS

第一辑
梦里梦外

最初的花朵 / 002
看戏 / 004
喝酒 / 007
电影往事 / 010
小学女同学 / 013
初中女同学 / 017
写门对 / 021
牛五爷 / 025
叶老师 / 027
三姨奶 / 031
大姑父 / 033

第二辑
构虚构实

秦武 / 038
阳台上的女人 / 041
租房记 / 044
父亲的泪 / 047

C 目 录
ONTENTS

一九八三，上南京 / 051

一九八六，逃跑 / 054

一九八七，初恋 / 056

流水 / 060

一匹马，三个人 / 064

第三辑
且行且看

山西吃面 / 068

琵琶湖记 / 072

乡村宴会与音乐 / 074

沂南行记 / 077

朗读，在早晨或夜晚 / 080

陪女儿读书 / 082

女儿的同学 / 085

酒桌上 / 087

停博小记 / 090

C目录
CONTENTS

第四辑
人来人往

奎山老师 / 094

散说宗利华 / 097

裴老师 / 098

刘老师 / 101

周老师 / 103

钱老师 / 106

行者老杜 / 109

朋友周长国 / 112

同学小荷 / 115

第五辑
我写我说

我的三国情缘 / 120

大师的境界与魅力 / 124

白开水是饮料里的最高境界 / 127

换个角度看历史 / 131

《初恋》真相 / 135

姜桦印象 / 138

C目录
ONTENTS

大自然的牧神 / 141

星空下的旷远 / 143

莫言跟咱没半毛钱关系 / 145

第六辑
自言自语

我为什么读书 / 150

我为什么写作 / 151

做梦 / 153

咸盐碎雨 / 156

思想的小花 / 163

与自己相处 / 166

万物生长 / 167

失眠者的梦 / 170

梦里
梦外

第一辑

| 最初的花朵 |

　　我从小性格内向，来客人从不敢到桌上吃饭，而是趴在"小锅屋"里吃。初中毕业之前，我只在我们那个乡里转悠，没有出过乡，更没有去过县城。县高中的录取通知书下来，我胆怯得不得了，想象着县城到底是什么样，比我们乡的街道大多少。开学了，父亲带我到乡里的车站。有熟人问，去哪啊？我父亲骄傲地说，去响水，儿子考上县中学，我送他去呢。熟人说，他这么大了，还要送啊，自己去呗。父亲说，他没去过，不放心。汽车来了，好大的汽车，大汽车拖着一个大汽车。长那么大，我第一次坐公共汽车。两节车厢，都挤满了人。我就想，这每天得多少人去县城啊，原来去县城并不是稀罕事，人人都可以去，只是我浅陋无知坐井观天罢了。到了县城，坐三轮车从东往西穿过整个县城，那感觉真是好啊，街道宽敞，高楼林立，大商场、影剧院、文化宫，都是乡下看不到的。我越来越觉得自己作为乡下人的浅陋，惊惧于大城市的威严。

　　在县城念了几年书，又到江南读了一圈中专。毕业后回来，在乡镇两三年，回县城，呆了十来年，又到市里上班，也有六七年。屈指一算，自己进城也有二十多年矣。二十多年，在城里有正规的工作，有自己的房子，每天跟城里人一起上班下班，喝酒聊天，坐公交车，闲下来，到公园散步，到豪华影院看电影，到大超市购物，到大商城里买东西，节假日还从城市到农村去钓鱼、扳笋、摘草莓、吃农家菜，恍若自己像模像样真是个城里人了。其实我的外在表现，还不时流露出乡下人的破绽，我的骨子里就是一个乡下人啊。

我常常想，有一天，退休了，就到乡下去，买地盖房，自己就在乡下养老，养养花，种种草，伺弄一个园子，种些蔬菜。搭起丝瓜架子，让丝瓜藤子曲曲弯弯缠绕着架子，让丝瓜在绿叶之间垂挂着，自己就在园子里放一张躺椅，晒晒太阳，听听音乐，读读书，写写作，闭目养神。刘备当年在曹操眼皮底下学圃种菜，是为了隐藏自己，怕曹操识破他的志向。我没有什么志向，只想安安静静地过乡村生活，回归乡野就是我的志向。在城里，我难以找到自己的位置，到乡下，却能将自己的灵魂稳妥安放。我常常在思考，为什么我在城里几十年，却仍然改变不了我在乡村十几年的积习。我仍然不爱说话，尤其不爱说讨巧奉迎的话。因为我喜欢简单的相处，真实的行事方式。乡村生活虽然短暂，却是我最初的生活。这最初的生活，犹如初开的花朵，其本质洁净、自然、美好，散发出质朴的泥土芬芳。如今，虽时隔久远，被城市风尘久久熏陶，日渐枯萎凋零，朱颜尽失，零落成泥，但曾经质朴的泥土的芬芳，却经年挥之不去，日日萦绕心头，成为我一生的基调，也成为我一生的向往。

陶渊明一句"田园将芜胡不归"，问出了多少人的心声，也问出了我的心声。但我是小人物，无才无德，怎敢学比陶公，更无陶公之勇气。我还要在城里装模作样地活人，为五斗米而折腰。虽然在睡梦中时闻犬吠鸡鸣之声，飘过炊烟袅袅，但事实上已很难回到乡村。城里有我的工作，有我的家，有我无法割舍的丝丝缕缕。于是，我在城里做着乡下的梦，写下回忆童年生活的文字，是对最初的花朵的怀念，也算是一种情感慰藉。前苏联作家普里什文说，写书就像为自己的后辈写一篇关于心灵的遗嘱。我没有这样的境界，我写书就像为自己写一篇心灵的悼词，这悼词将与我一起埋葬，直至消失。

写下这篇文章的时候，我们的城市刚刚落过一场大雪。厚厚的一层雪

啊，只半天时间就融化了。这是春雪。春雪过后，天气渐暖。再过几天，春雨将至，一切都将欣欣向荣。

| 看 戏 |

因为喜欢听书，所以喜欢看戏。书戏同源嘛，虽然不是太懂艺术，但喜欢戏的韵味，喜欢戏的感觉，老生一捋口，银须飘洒，花脸一发怒，哇呀呀呀，青衣一甩袖，苦呀，咿咿咿呀。我的眼睫毛抖动，耳朵都酥了，心跟着忽忽悠悠飞扬起来。

曾经年少，喜欢家乡的淮剧。第一次看淮剧，是两三岁的时候。在我们乡唯一的剧院里，乡里人都叫大礼堂，开大会的地方。好像是我的邻居抱着我去的，挤在剧院的中间。当时感觉剧院里密密麻麻地挤满人。我往台上看看，面前人挡着，看不清楚，我就木愣愣地看台下的人，一个个痴痴迷迷、乐乐呵呵的，押着个脖子瞪着个眼，往台上看，觉得很好玩。我的邻居也踮着脚往台上看。忽然邻居把我递给前面一个人，前面一个人又往前传，我在人头上翻滚，一溜儿地滚到了台上，我在台上站定了，有点发痴，呆愣愣的，咧开嘴要哭起来，却忽然看到母亲坐在台后面向我招手，我便像企鹅一样一摇一摆地过去了。我母亲是大队里的干部，待遇有点特殊，大概是参与组织了这场活动，就到台上看了。邻居看到她，便把我传到台上了。那是我第一次看戏，我坐在母亲的腿上，瞪着大眼睛，看面前的人长袖善舞，舞枪弄棒，举手投足跟正常人不一样，说话也拿腔捏调，觉得很好玩，便在母亲的怀里呵呵地笑了。而母亲一边看戏一边跟旁边的人说话，我想可能也说到我。她说，你瞧这小人儿懂得什么，也痴痴迷迷地笑。那时候我只有两三岁啊，能记得这么真切，我自己都有些恍惚如在梦中。

渐渐长大，我就喜欢上了戏。我喜欢听街上大喇叭里放淮剧。那时候，刚听完评书《杨家将》，就喜欢上《杨家将》的戏。喜欢《告御状》《河塘搬兵》等，还有《秦香莲》《珍珠塔》《吴汉杀妻》。那时听的还是感觉和味道，并不明白其中的剧情，特别是唱词中跟评书中许多不相符的地方，还有用词不讲究，剧情发展逻辑混乱，前后矛盾，与人物形象并不相符等等。我就想，淮剧毕竟是地方戏，属于民间文学，底层人听的，登不得大雅之堂，听的就是个热闹，不需太认真。听的多了，也会哼两句。特别喜欢唱《告御状》和《河塘搬兵》里杨六郎的唱段。至今我还能记得当中的一些唱段：

八千岁你不提搬兵我绝不讲，
提起了搬兵好一似箭穿胸膛。
千岁啊！请坐石凳听我言讲，
我今天要诉一诉杨家的冤枉。
曾记得你叔侄被困五台山上。
全不知山脚下有辽兵埋藏，
你叔侄犹如同鱼儿入网，
五台山只困得铁壁铜墙。
人在难中想好友，
君在难中想忠良。
……

印象非常深的一次看戏，是初中时的一个下午，乡里来了一个剧团，演的是杨家将的戏《白虎堂》。我父亲是老师，学校里每人发了一张票。

我父亲没空去看，便把票给高中毕业在家的姐姐去。我也想去看，便缠着姐姐商量，把票让出来给我看。姐姐不同意，说你上学呢，怎么会有时间看。我说下午课不要紧，还是让我去看吧。姐姐还是不同意，我就先到学校请了假，然后到剧场门前等姐姐。姐姐见我这么想看，没办法，就带我混了进去。正好旁边有个空位，我就坐在那看戏。看得很入神，就在八贤王来到河塘搬兵，杨六郎出来要大放悲声的时候，来了查票的，看到我和姐只有一张票，便要我们出去一个。我姐看看我，我看看我姐。最后我姐瞪了我一眼，起身出去了。我便继续坐在位置上津津有味地看戏，听杨六郎声情并茂地"痛唱革命家史"了，特别是听到杨六郎唱到：金沙滩双龙会大杀一仗，大哥长枪，二哥短箭，三哥马踩，四哥八弟失番邦，三个在五个亡，这一仗还剩下五郎六郎还有杨七郎！那唱腔抑扬顿挫，哭哭啕啕，只听得我鼻子发酸，声泪俱下。全然不知道回家后等待的是一顿痛打，只打得声泪俱下。

工作以后，喜欢听京剧，特别喜欢听西皮流水。喜欢《三家店》秦琼的唱段：将身儿来至在大街口，尊一声过往宾朋听从头，一不是响马并贼寇，二不是歹人把城偷。喜欢听《甘露寺》里乔国老唱段：劝千岁杀字休出口，老臣与君说从头，那刘备本是中山靖王的后，汉帝玄孙一脉流。喜欢听《空城计》里诸葛亮的唱段：我本是卧龙岗散淡的人，评阴阳如反掌博古通今，先帝爷下南阳御驾三请，算就了汉家的业鼎足三分。喜欢听《珠帘寨》里李克用的唱段：昔日曾有三大贤，刘关张结义在桃园，弟兄们徐州曾失散，古城相逢又团圆。喜欢听《西厢记》红娘的唱：将张生隐藏在棋盘之下，我步步行来你步步爬，放大胆忍气吞声休害怕，这件事叫我心乱如麻，可算得是一段风流佳话，听号令且莫要惊动了她。等等。真是好听啊，听得如醉如痴。我听戏一般是在心情不好的时候听，听《秦琼卖马》里秦琼的落魄，听《霸王别姬》里霸王的悲壮。想想古人的艰辛与磨难，想想自己还有活路，更加坚定生活的信心。

人到中年，面临着许多危机，工作和生活都特别繁忙，很少能静下心来听书看戏了，更别说是进入剧场。我们这里长年也没有剧团来演戏。最多是星期天躲在家里看看中央电视台的戏曲频道，过过戏瘾。往往听不了几句，又会想起一件没做完的事，就赶紧关了电视，忙正经事了。

愿意偷得半日闲，闷在家里，什么事也不做，看戏，听戏。多想回到少年时，体味听书看戏的无忧无虑的快乐呀！

| 喝　　酒 |

我这人不会喝酒，曾经滴酒不沾，一沾头就大，脸就红，嗓子就粗，眼皮就重。眼皮重得不想撩，那是犯困。我很羡慕那些能喝酒的人，别人问他能喝多少酒，他会伸出一个手指头，当然不是一两，也不是一斤，也不是一箱，而是一直喝下去。若问我能喝多少酒，我也伸出一个手指头，不是一两，也不是一斤，也不是一箱，也不是一直喝下去，而是一弹，不是一坛，是一弹啊。是用手沾下酒，弹一滴到嘴里，醉了。当然这是笑话，是相声。但我不能喝酒却是真的。小时候大人喝酒，在旁边闻着就晕，但看着大人喝得有滋有味的样儿，想一定很好喝吧，趁人不在，偷偷地呡上一口，辣得眼泪鼻涕一块流。那时就想，酒不好喝，喝酒是受罪，以后滴酒不能沾，不找罪受。

话虽这么说，不喝酒只是一个愿望，长大后一步步地被引入酒场，不找罪受，罪自己长腿找上门来，不受也不行。我性格虽不孤僻，也不活泛，人多的场合少有言语，反应不机智，不会拒绝。在喝酒上，往往身不由己。一开始杯是空的，别人来给我倒酒的时候，我推辞，不能喝，不

倒，倒了浪费这美酒。人家会说，作家怎么能不喝酒呢？李白斗酒诗百篇，你不要喝一斗，喝一杯回去好文思泉涌啊。我说，我要是不喝酒，回去头脑清醒，还能写点文字，如果喝下这一杯，头昏脑涨，啥也写不出的。人家听了，哈哈地笑着，不会的，你们响水人小麻雀都能喝三两酒呢。我说，响水人能喝酒不假，可也有不能喝酒的，我是不能喝酒的。人家说，就一杯，第一杯满上，下面就随意了。话说至此，再不好拒绝，只得满了一杯。问题是，我的酒量最多就这一杯。喝了这一杯，热血上涌，豪气顿生，由不喝酒到想喝酒，别人再倒酒时，也不再阻挡，于是第二杯下去，就不知道东南西北了。再喝下去，必醉无疑。醉了做出什么事体来，就没数了。

我记得第一次真正意义上的喝酒，是在高中毕业后。那一年高考落榜，在农村种了两个月地，终于熬不得"锄禾日当午、汗滴禾下土"的苦，背着书回到县城补习。同时补习的，还有几个同学。有的住在补习班的集体宿舍，有的合伙在外面租房住。星期天也不回去，在宿舍看看书，或者到街上逛逛，散散心。

那一天是中秋节，有的同学回去了，有的没回去。我和一个周姓同学，还有一个张姓同学聚在一起，在街上买了些凉菜，又下厨弄了两个简单的热菜。菜上桌了，张同学提议，喝点酒吧，要不对不起这桌丰盛的菜。周同学说，好吧。他们两个都说喝，我也没反对。但心里想，他们喝他们的，我反正不喝。张同学去小店里买了酒，大概三块钱。没有酒杯，就用碗。可只有两个碗。我说，正好我不喝了，你们俩喝吧。张同学说那哪行呢？你不喝酒光吃菜，一会菜都让你吃光了。就去跟房东借了一个碗来。三个碗放在一起，酒开下来，哗哗哗地往下倒。周同学说，少倒点，好干杯。于是就少倒点，盖住碗底。三个人吃了两粒花生米，一起端碗。张同学说，每人说句话吧，说句话开喝。周同学说，为了明年高考成功，干杯！张同学说，为了我们的友谊，干杯！我说，为了第一次喝酒。干杯！那两人都笑了，说，你是有文化的人，说点文词啊。我说，好，为了我们逝去的青春干杯吧！一起举杯，一饮而尽。那酒实在是辣啊，火一样地入了嗓子，到肚子里也滚烫。我赶紧撵了一块猪头肉，嚼巴嚼巴咽了下去，才觉得好受些。张同学又给每人倒了一些。再干杯。这一次，比刚才好一点，辣味弱了一点。张同学说，酒这玩意儿，第一口辣，第二口微辣，再喝就觉不出辣了，反而觉得香。我虽然没品出香味来，但再喝也不觉得辣了。况且，肉味压住了酒味，只知肉香，不知酒辣。

喝着酒，吃着肉，话就多了起来。三个人谈起高考落榜后的日子，谈起父母期待的叮嘱，邻居们异样的目光，又对来年的高考充满了忧虑，不知是凶是吉，肩上可谓压力山大，免不了一番感慨。最后倒了一浅碗，咣，碰了一下，干了。张同学说，差不多了，吃饭吧。周同学问我，怎么样？吃饭吗？我说，吃饭，吃饭，再喝一点，吃饭。张同学便拿起酒瓶来倒酒，倒完酒把酒瓶往身后放，回过头来时，我已经滑到桌子底下去了。滑到桌子底下，才发现桌子下面还有一人，是周同学。张同学说，好好睡。说完便一头趴在桌上。三人都打起了呼噜。

不知什么时候，我醒过来，发现自己躺在床上。那两人已经坐在门口凳子上看书了。仿佛听到门口有人说话，原来是房东。房东说，三人喝了不到半瓶，就都醉了，这量也太小了点吧。张同学说，平时不喝，把握不住。房东说，酒量这玩意儿，要多练，越练越大。

晚上吃了点粥，我一个人往补习班的宿舍走。到了宿舍，一头倒在床上，又睡了。第二天醒来，觉得胃里翻江倒海一般难受，便跑到宿舍后面哇哇地吐了起来。正好有一个同学看到了，问，你昨晚喝酒了？我说，昨晚没喝。他说，那你咋吐出那么多酒味呢。我说，昨天中午喝的。那同学说，不会吧，昨天中午的酒今早上才吐出来，这也太离谱了吧。我问，昨中午的酒，应该是什么时候吐出来呢？他说，应该是当时就吐出来啊。我按按额头，说，那我吐得确实太迟了。

这事情过去二十多年。二十多年来，经历过无数酒阵，大场面，小聚会，醉过许多次，但都印象模糊，唯有这次醉得真切，永远不能忘记。

喝下去的是酒，流动在身体里的是青春。酒早已散去，散不去的，是苦难的印记，是对逝去岁月的长久怀念。

| 电影往事 |

单位发的电影卡，设计十分精美，这让我想起了小时候简单的电影票，还有许多看电影的往事。

我们那个村小，一家一家密密麻麻地挤着，找不到一块像样的空地，电影便放不起来，看电影得到邻村去。去得最多的，是西边的三庄村，和南面的皂角村。当然，我们小学校北面火箭生产队的大场上，也经常有电影放。我们放学本不经过那儿，却有时要绕路过去探探，看看大场上两棵树之间是否拉起了黑边白面的一块布，那是银幕。看看布跟树的空间大小，空间大的，是小银幕，空间小的，是宽银幕。我们都喜欢宽银幕，看起来带劲。时间还早，都不愿回家吃饭，有零钱的到街上去买个朝牌饼来撕，没零钱的就去附近的庄稼地里刨个山芋到河里洗干净吃。得早点来啊，占位置啊。位置在银幕的正前方，第一排。

我们小，喜欢坐第一排，看得真切，大人不喜欢坐第一排，嫌脖子仰得酸。我们不怕脖子酸，我们脖子嫩，仰多长时间也没感觉，我们只怕前面有人会挡住视线。可以把书包垫在屁股底下坐，也可以找两块砖。坐下来，还早，大人们还没有来，我们就在各自的前面挖一个小洞，不是做别的用，怕看了一半要撒尿，不能离开去撒尿，一离开，就断了剧情，好位置说不定也被别人占了。有了这个小洞，就不着急了，解开扣子，把尿尿进小洞，头都不用往下低，眼睛不离银幕，什么事都解决了。

哥哥们不跟我们在一起看，他们喜欢站在放映机那边看，看漆黑的夜空下，两个圆盘子转动，射着一团光柱到银幕上，就变成了人，还是会说话的人，这是件很奇妙很快乐的事。他们还可以听放映员跟大人们说话。放映员早就把电影看够了，他们知道剧情，忍不住要卖弄卖弄，说后面是啥啥样子。放映员有两个，都是吴庄的，姓吴，一个叫吴光，一个叫吴兴。听名字是兄弟俩，模样却不像，一个胖一个瘦。大人们逗他们，要给他们介绍对象。他们很高兴，说，好啊，电影散了，过来相相。大人说，那不行，这次没来，下次带过来。下次再来，坐在旁边的换了另外的大人，就不提这话题了。

去三庄村和皂角村看电影要远一点，要过两条沟，大片的庄稼地。有一次左邻大哥哥和右邻大姐姐喊我去三庄村看，没想到他们到场上就黏在一起，把我撂在了一边。我不管他们，自顾看自己的电影，看着看着一扭头，发现他们俩都没了。四处看不见，只好在原地继续看。直到电影散场，人都走光了，也没见他们回来，我一下子慌了神，赶紧顺着路往家跑，那时路上已经没什么人了，两旁是河沟，是芦苇，前后是高低不平的路。风吹着芦苇发出刷刷的声音，让我心惊胆战，生怕有坏人像电影里那样突然扒开芦苇跳出沟外跟我要买路钱。我越想越怕，不由加快脚步，继而狂奔，一路到村口，看到路口有两个人靠着树抱在一起，见我呼呼生风地跑过来，连忙松开。看到是我，都喊起来，你还没到家啊，我还以为你到家了呢，一路找得我们好苦。我心说拉倒吧，鬼话骗谁，你们不知把我忘哪去了呢，找我还有心思在村口抱在一起啊。后来我才知道我扮演的角色叫电灯泡。

街上的电影院盖好了，每晚都放，用不着等露天电影了。在那里看的第一场电影叫《喜临门》，是个家庭喜剧片，非常有意思。后来又放了《少林寺》。不过看《少林寺》有点曲折。当时我们年级包场，下午第二节课后看。我正好和另外一个同学扫地，迟了点儿，我们的班主任说，你

们俩辛苦了，给你们两张好票。我们倒完垃圾收拾停当兴冲冲地跑到电影院，大家都已经进场了，我们把票拿出来给检票员，检票员说，这是废票，过期了，不能进去。我们说，不对啊，我们年级包场啊，这是老师给我们的好票啊。那人不屑地说，怕是老师把你们的票换了，带他家里人看了吧。我们傻眼了，只好往回走，走着走着不甘心，又回来，那时门已经关了，电影已经放映，里面传来紧张的音乐声和喊杀声，扣人心弦。我们往四周看了看，发现侧面的墙有点矮，便互相配合着上了墙头。钻了进去。好不容易摸黑在最后面找到一个座位，一人坐半边屁股挤在一起看。忽然，前面一阵大乱，喊杀声起，灯光刷地亮了，原来是两拨小流氓斗殴，打了起来，场内顿时乱成一团，两拨人从场内打到场外，在银幕下上演了一场现实版的《少林寺》。在乱哄哄的人群中，我看到我们班主任一家站在中间最好的位置，往后面打斗的地方看。

我后来上了初中，看电影的次数就少了。暑假里，晚上没事干，我跟邻居一个小伙伴吴三经常相约去看电影，邻居的一个姐姐，小学毕业辍学在家，喜欢找我们聊天，听我们说学校的事。从她的眼神里可以看出她对校园是多么的依恋。有一天晚饭前，她对我说，晚上我们去看电影吧。我说好啊。她说，到时我喊你。吃完饭，我就在家门口的老槐树下，边听评书边等她来喊。可是等了好长时间，看电影的时间已经过了，还没见她来。我关了收音机，到她家门前屋后走了几圈，也没见她人影。那一夜回到家，我没有睡好觉。第二天，我在路上碰到她，我问，你昨晚怎么没来喊我呢。她很奇怪地说，吴三来告诉我，说你晚上出不来，不能去看电影了，我只好跟吴三一起去看了。

看电影的故事像被别人嚼剩的馍，已被写了多少遍，特别是在农村长大的作家，我再写，有嚼剩馍之嫌。但现在写出来，还是觉得很有意思。

小学女同学

到了四十岁，突然喜欢怀旧。每天坐公交车上班，或者看手机，或者发呆，往事像公交车上的电视一样，一条一条的在眼前闪动。有一次，发现前面一个妇女，像是小学一个女同学，定睛仔细观瞧，又不像。

于是就想起小学时的女同学。

小学时的女同学，能记住几个呢？

三十年过去了啊！

有一个姓李的，名字记不真切了，大概叫李巧红，是小学女同学中长得最漂亮的，李庄人。李庄就在我们庄后面，大概有三里地。李巧红的哥哥，与我的姐姐在一个厂里上班。我姐姐的一个好姐妹叫刘小花，喜欢上了他，自己不好意思说，就请我姐姐说。我姐姐就给李巧红的哥哥递了话，并安排他们见了面。李巧红的哥哥也喜欢刘小花，于是我母亲做媒，定下这门亲事。不久，他们结婚了。婚后的生活却并不美满，刘小花的脾气有点大，经常跟公公婆婆吵架，还要公公婆婆向她赔礼。李巧红的哥哥起先还护着刘小花，后来看闹得不像话，就说了刘小花几句，刘小花一气之下回了娘家。李巧红的哥哥没办法，来找媒人，我姐姐便到刘家劝刘小花。大概是刘小花提了什么条件，我姐姐回来跟母亲说了。母亲便让我父亲去李庄向李家传话。我正好没事，便跟着父亲去李庄。

那是个夏天的夜晚，天上明月皎洁，田野里虫鸣唧唧，空气一派清新，我跟着父亲到了李庄。我性格内向，怕见人，便在他家门前的树下等。父亲进去了，两分钟不到，门吱呀一声开了，一个人出门向这边走来，到跟前一看，是李巧红。李巧红喊着我的名字，让我进屋去坐坐。我

说不了，大人们在谈正事，我就不打扰了，况且屋里闷热，不如在此乘凉。李巧红说，也是，便转身进了屋子。我以为她不出来了，没想到，她搬着一条长凳来到树下，让我坐。我以为我坐下后，她便回屋去，她却没有，而是大大方方坐在我的旁边。我有些紧张，不知道说什么好。她却很随意，找着话跟我说，说老师，说同学，还让我说段书给她听。我那时会说《三国》《岳传》《杨家将》，逢到学校办什么晚会，总是到台上"啪啪啪"说上一段，说的最多的两段，是"岳云锤震金弹子""张飞大闹长坂桥"。课间的时候，也总有一些男生女生围着我，让我说书。李巧红会站在旁边看着，眼里含着笑意，有时候会很乡土地赞叹：亲乖乖，跟收音机里说的一模一样，一字不走。惹得哄堂大笑。

那天晚上，她让我单独说段书给她听。我心扑扑直跳，鼻子呼出来的是紧张，吸进去的都是李巧红芬芳的气息，头脑更是一片空白，哪里说得出书来。就在这时，父亲在屋里说完事出来了，我们才站起来。李巧红很客气地说，有空来玩啊。我跟小瘪三似的说，嗯哪嗯哪，没空没空。回来的路上，父亲问我李巧红怎么样？我说挺好的啊，大方。父亲笑着说，长大了说给你做媳妇。我没吱声。父亲又说，她比你大一个生日，应该说给你哥哥。

李巧红后来没有成为我的媳妇，也没有成为我嫂子，到底成为谁的媳妇谁的嫂子，不得而知。小学毕业后，她没考上初中，辍学不念，再也没有消息。

还有一个，姓周，长得瘦瘦的，小头小脸的，她作文写得非常好，经常被老师夸奖，在班上作为范文诵读。有一次她在作文里用了"分享"这个词。我们的班主任，也就是大名鼎鼎的语文周老师赞不绝口，说，一个小学生用"分享"这个词，水平很高啊。事实证明，这个词到现在还被当作很高雅的词引用着。我们领导常说，今天遇到一件事，跟大家分享一下。你听听，不说讲给大家听听，而是说分享一下，显得很有学问。周同学还代表我们班级去南京领了一个奖状，回来时，班主任举行了一个欢迎仪式。欢迎仪式上，她说，我把南京之行跟大家分享一下。立即引来大家热烈的掌声。

可能是书读得多了，特别是琼瑶的书，周同学显得比同龄人早熟，后来上了初中，好像还早恋了，闹得沸沸扬扬。又过了几年，我中专毕业，分配到县银行工作，有一次在街上遇到她，她挎着篮子，我问她干啥，她说买菜。我问了问她的近况，她说她结婚了，丈夫在县城工作。后来又见到她，她在经营着一家书店，我买了两本杂志，她很生疏地说，你还读这些书啊？说得我很惆怅。又过了几年，我在某超市的出口处见到她，她穿着超市的服装，拿着一个橡皮章，在每个结过账的小票上盖章。看到我，有点不自然地说，你现在出名了，都出书了啊。我说，写着玩的。她说，能不能给一本，我也分享一下啊。边说，边拿过我的小票，无声地盖了一个章。

我没有送书给她"分享"。我在想，人为什么进入社会，跟学校就不一样了。真的生活是生活，理想是理想吗？每个人的心中，还是长存一份理想的好，无论生活怎么改变。我喜欢写作，会一直写下去，无论别人怎么看。再后来，我到盐城上班，就再也没见到她。

还有一个女同学，姓徐，我们的父亲是同事。徐同学面色黑黑的，成绩很好，也不太爱说话。我们似乎是同桌，她的作业做得非常快，我总是抄她的作业。本来我比她高一届，但数学老师跟我父亲是朋友，他劝我父亲说，他念书早，现在还小，语文很好，数学太差，留一级，补一补，我保证他考上县中。我父亲听了他的话，就让我念了两年五年级。第一次期中考试，我语文年级第一，数学仍然不及格，比第一年考的还差。数学老师在课堂上，看了我半天，说，你这一级算是白留了，还不如把你捧上初中呢。我臊得满脸通红。这时，徐同学低声对我说，不怕，有什么不懂的，我教你，以后别抄我作业了。后来我的数学成绩有所进步，但还是没考上县中，好在考上了乡中学。

后来，我在县城上班，在街上遇到徐同学，她本来进了县城的一个

第一辑

015

梦里梦外

厂，但厂倒了，她下岗了，便跟丈夫在街上做饼卖，一块钱四个，我有时下班走那带点饼回去，总是得到优惠，一块钱五个。我后来离开县城，再也没吃过她炕的饼。她炕的饼确实很好吃。

最后再说一个，叫张文荣，性格非常刚烈，快人快语，喜欢跟老师据理力争，往往把老师说得哑口无言。但她成绩好，老师也不生气，不跟她计较，有时候哈哈哈地开玩笑，张文荣，你这样坏，没人敢要你做媳妇了。张文荣说了一句惊天动地的话，我不做谁的媳妇，只有别人做我的媳妇！后来这个女同学做了小学老师，嫁给了一个同事，有了孩子。一家人和和美美，幸福快乐。几年前的一天，夫妻二人骑着摩托车去县教育局报名考个什么试，回来时天色已晚，在岔路口一头撞上了一辆大卡车，双双殒命。

写到此处，我鼻子发酸，眼里噙满泪水。

| 初中女同学 |

写完小学女同学，再写初中女同学。

初中女同学，能记住的有几个？没几个了啊！

人这一辈子，能真正记住几个人，记住几件事呢？

有一个叫李慧娟的，是前李庄的人。我们那有前李庄、后李庄。前李庄在南面，属皂角村，后李庄在北面，属三庄村。李慧娟的作文写得很好，尤其描写很有功力，能把我们天天看都看腻了的景物写得相当细致、美丽，排比句一串一串的。由于李慧娟文思泉涌，句式拉长，所以她的作文都很长。这跟我的写作风格不同。我长于编故事，刻画人物，对景物描写不感兴趣，认为那是耽误时间，卖弄文词，无病呻吟。李慧娟的作文经常被传阅，那写景的片断也被老师用红笔在下面划上波浪线，十分显眼。有时老师还在课堂上读，读得很有感情，一草一木都活了起来，而我却在下面直打瞌睡。我们的语文老师有一次很鄙夷地对我说，一个人的文字功底深不深厚，就看景物描写，你不会描写，就是没功底，把你的故事剔去，还剩下什么呢？我不服气，说，那你把她的景物描写剔去，看还剩下什么呢？老师被我顶得一愣，随即说，你这话说得不对，应该说把她的故事剔去，还有精彩的景物描写，让人赏心悦目。

对李慧娟的印象最深的不是她长长的景物描写，而是她一次长长的跑步。有一次，李慧娟在上晚自习的时候，不知犯了什么错，可能是看课外书，老师把她喊出教室，批评了几句，李慧娟看上去一副认错的样儿，低着头，一声不吭，就在老师准备收兵回营，让她回教室的时候，突然，李慧娟拔腿就跑，先是围着教室转了一圈，然后奔向操场，后来，跑出校园，向街

上跑。老师一下子没反应过来，随后让几名男生在后面追。那么多男生，居然没追上她，眼睁睁地看着她上了校门口的大路，奔街上去了。于是全班同学分组到街上找，好不容易在一个背街的围墙下找到她，她正坐在墙根下仰望星空，不知是不是要写一段抒情文字。老师看着她，长出了一口气，说，李慧娟，你是人才，作文写得长，跑步也跑得长，你适合参加长跑比赛。多年后的一天，我在街上补鞋，看到一个妇女也在补鞋，好生面熟，原来是李慧娟。我们聊了聊，聊的什么，已经记不真切了。

还有一个徐小红，初一留级留到我们班的，瘦瘦小小，很干练的样儿。她是我见到的第一个用香水的女生，喜欢穿绿色的衬衫，红色的外套，显得简约而时尚。她是数学课代表，每次走在过道上收作业本发作业本的时候，总有一股异样的香气随风袭来，刺激着我的鼻翼，让我忍不住打喷嚏。如果徐小红伏下身来，趴在课桌上，跟你讨论什么问题，她的眼睛盯着你，嘴角含着笑，香水就从绿衬衣的衣领里散发出来，使你忍不住心旌摇荡，想入非非。

她的声音响亮，喜欢抒情。有一次，她上课时趁老师在黑板上板书，隔着过道跟另一个女生拉了一下手，正好被老师回头看到了。我很佩服这老师，好像脑后长了眼睛。老师很生气，要她们作检查。第二天上课时，徐小红到讲台上作检查，她慷慨激昂，嗓音洪亮，开篇就是：老师老师亲爱的老师，同学同学亲爱的同学。本来很沉重的检查变成激情如火的演讲。演讲完了，同学们报以热烈的掌声。老师也被逗乐了，说，声音很大，穿透力很强，但认识不够深刻，重写。

她在初一时成绩很好，到了初二初三，成绩就跟不上了，后来好像考上了另一个乡的高中。最后念没念到底，就不知道了。后来，我到一个镇的银行工作，在路上碰到她，看到她不再绿衬衣红外套，而是普通的灰色工作服，还沾着面粉。交谈几句，发现她说话也不再洪亮，但还是响快响快的。知道她这几年创业艰难，开了一阵批发部，积攒了点资金，现在经营一家面粉加工厂，生意还算不错。分手时我们擦肩而过，我吸了吸鼻子，没有闻到久违的香水味，代之而来的，是淡淡的面粉味。

陈玉凤在学校时个子不高，人称三截管，比较调皮，喜欢在课堂上跟老师捉迷藏，老师说她人小鬼大，个头不高心思灵巧。除了这些外，也没有什么太深的记忆。初中毕业后，我考上高中，她留了一级，考上了一个小中专。

这里要说的一件事跟我的一个高中同学有关。高中毕业的那年暑假，我那个高中同学在公共汽车上跟陈玉凤坐在一起，两个人不知怎么搭起话，相谈甚欢。不久，这个同学突然骑了几十里路的自行车，跑到我家，向我打听陈玉凤，说喜欢陈玉凤，想向她求爱。当时在公共汽车上陈玉凤并未留下姓名，只在闲谈中提到是响水六套的，跟我是同学，正在念小中专。我于是把初中考上小中专的女同学划拉个遍，按他所说的体貌特征排除来排除去，排除出几个同学，带着他一起去找，找了两天，也没查出个结果来，最后找到陈玉凤的庄上，想问问陈玉凤是否有跟我同学所说的体貌特征相似的人。没想到我那同学看到陈玉凤后两眼发光，说，正是她。原来，陈玉凤这几年长高了，不再是当年的三截管高。大家坐着喝茶聊天，我抽空跟陈玉凤说明来意。陈玉凤说，他来迟了，我已经有对象了，就在前几天刚刚确定恋爱关系。我就把话转给我那同学。我那同学眼光一下子暗淡下去，叹口气说，本来想早点来的，又怕太唐突，好不容易下了决心，又迟了一步。

又过了几年，我们都参加了工作。我在银行，陈玉凤在水泥厂。水泥厂不景气，陈玉凤就下了岗，后来她丈夫帮她找到了邮政储蓄的新工作，她能说会道，善于沟通，笼络了不少优质客户，取得了不俗的业绩，领导非常赏识她，愣是把她从一个临时工提拔成了网点负责人，管着十几号人，也算是发挥了特长。

最后再说一个女同学，叫张红。她普通话说得很好，读书好听，特别是早读课上，全班同学都在摇头晃脑地背书，基本上听不出谁谁谁的声音，只有她的声音在嘈杂的声音当中显得特别悦耳，仿佛是收音机里的播

音员。那时我想，如果她去当一名播音员，一定会很受欢迎。老师经常让她起来读书，说她读的书沉稳，音色美，节奏感强。不知怎么，班上同学背后传我们在谈恋爱。有时候，会恶作剧，弄得我们很尴尬。她弟弟叫张国，在另外一个班级，有时候到我们班级来玩，看别的同学拿我跟他姐开玩笑，很不高兴。张国也不是等闲人，喜欢搞点小侦察，经常趴在老师宿舍的后窗户上，看老师在里面干什么。老师们都有点不喜欢他。

初中毕业后的那年暑假，我觉得自己考得不好，升高中无望，想回家种田，经常把自己打扮成农夫的模样，头上顶着草帽到街市上赶集。有一天遇到了张红，不知为什么，我的心怦怦直跳，我们红着脸在街心说了两句话，便匆匆告别。我到现在也不明白，当时为什么那么紧张，我们确实没有谈过恋爱，即便在学校里，也很少说话，为什么同学都认为我们在恋爱。

张红和张国都没考上高中，而是进了一个镇的纱厂。几年后，我到那个镇上班，好像还遇到过张红。张国来找过我两次，跟我说起他姐姐，说了什么我也记不清楚，我只记得他每次来都从我这借走了100块钱。后来听说，他到处跟人借钱，从来不还。

小学和初中的女同学，真的记不起几个人了。有的人没有念完，便辍学回家。好一点的，考上个小中专，成为一个护士或乡村老师，也不过两三个人，有一些，则进了厂，成为一名女工，下岗后跟着丈夫一起做点小生意。更多的则回乡务农或出去打工。不是她们天资愚钝，而是生长的环境使然。如果换个环境，再加上自身的努力，李慧娟可以成为一个作家，张红可以成为一名优秀的播音员。

小时候盼过年，盼的是热闹。

除夕一大早，家里就开始热闹起来，村里人都卷着红纸来我家，请我父亲写对联。

他们叫我父亲邓老师。

邓老师好，请你给我画两句。

邓老师吃早饭啊，请你给我写个门对子呢。

我们那管对联不叫对联，也不叫春联，叫门对子。

后村的小钱三，来得最早，他家在后村村头，离得远，一大早，他就夹着一卷红纸，进了我家的门。他个头不高，见人就憨笑。他是个泥瓦匠，曾经帮我家修过房子。我父亲见他来了，很客气，说，你先坐下，我把这碗粥喝了。

小钱三把红纸放在条桌上，转身在屋里看看，说，墙还坚不坚固，房顶还结不结实，要不过了正月，我帮你修修，墙上再抹一层泥，屋顶再盖一层草。

父亲稀溜稀溜喝着粥，嘎嘣嘎嘣嚼着萝卜干，说，好的，不急，现在很牢固，天暖和起来再说。

我麻利地跑过来，从碗橱里拿过一个小碗来，又在条桌头上取过墨水瓶，旋开盖，瓶口斜进碗里，里面的墨汁就缓缓淌进碗中，那个黑啊，像炭，那个稠啊，像玉米糊糊。我又从缸里舀过一小舀水，兑一点进碗里，拿起筷子，和匀了，又从抽屉里取出毛笔，摘下套子，笔头在碗里蘸，蘸饱了，又在碗边慢慢地刷，刷好了，把笔搭在碗边上。

我哥哥在裁红纸，他把红纸折了几道，又在边上折了个小道，然后对着印子裁。一会儿工夫，就全裁好了，又宽又大又长的，是贴在外面大

门上的，稍短稍窄的，是贴在里面小房门的，四方四正的，是写福或富字的，细长的边角料，是写横批的，都安排得井然有序。

这时，屋里已经来了几个人，都夹着红纸。母亲给他们搬凳子。凳子少，不够坐，有几个人就坐在床边，没地方坐的，就站在门口说话。

这弟兄俩灵巧呢！

那是，长大了！

念过书的跟没念过书的，就是不一样。

大家七嘴八舌，还说些村里的事。

王二面家的门对子昨晚就写好了，请杨会计写的。杨会计问他，你年年都请邓老师写，今年怎不请了。他说，为地界的事刚吵过闹，不好意思。杨会计就写了，你们猜写什么？

什么？

写的是：三芋干煮粥，越吃越有；萝卜丝包饼，越捏越紧。

哈哈。

纸裁好了，墨蘸饱了，父亲的粥也喝完了。他放下碗，母亲开始收拾桌子，潮抹布先抹了一遍，干抹布又抹了一遍，桌子便干干净净。

哥哥赶紧把红纸拿过来，先拿大的，铺好。我把黑墨的碗端过来，把笔搭在碗上。

父亲起身要去里屋。我抢前一步跑进去，从里屋的抽屉里拿出了一本黄历书，递给父亲。这是父亲特地从集上花五毛钱买来的。父亲笑了，并没有接，而是自顾自到桌边，拿起笔。我明白，父亲那是让我给他选内容。

我麻利地翻到最后几页，里面都是新门对。

我说，上联：一年四季春常在；下联：万紫千红永开花；横批：喜迎新春。

我说，上联：佳节迎春春生笑脸；下联：丰收报喜喜上眉梢；横批：喜笑颜开。

我说，上联：春雨丝丝润万物；下联：红梅点点绣千山；横批：春意盎然。

我说，上联：一干二净除旧习；下联：五讲四美树新风；横批：辞旧迎新。

父亲便提笔在红纸上写了起来。

我特别喜欢看父亲写字，那是一种特别新奇的感觉。父亲写的是行书，偏向于草体。有些字是繁体，繁中有简，比如"万"字，两点两横，竖下来一圈，看得我眼花缭乱。还有"春"字，也是一圈一绕，就成了，写得既简洁又圆润。如果有时间，父亲还会写隶书，一笔一画，认认真真，看得我感觉时间都停住了。

不知不觉半天时间过去了，来写门对的人也陆续散去。厨房里飘过来红烧肉的香味，母亲已经把饭菜做好了，她招呼着最后走的人：就在这吃中饭吧？

当然是客气话，在乡村，除夕的中午是最讲究的，是团圆饭，一般是不在别人家吃的。

人都走了，父亲顺手把自己家的门对也写出来了。奇怪的是，父亲每副对联都写了两对，难道是把明年的也预备下了？父亲放下笔，让我们把笔墨收拾好，他自己把桌子擦了擦。写了半天，桌子难免会沾上一些墨汁。母亲把饭菜也端了上来。父亲开了一瓶酒，自斟自饮。

吃完了饭，父亲开始和面打浆子，准备贴门对。我们把门上的旧门对撕掉，用水洗干净，门板上露出斑驳的字迹：提高警惕，保卫祖国。这是我家最早的门对。以往每到除夕这一天，给别人家写完门对，父亲便用黄漆在门板上把这几个字描一遍，看起来十分醒目。我不知道父亲为什么不贴门对，而是反复描这几个字。父亲也从没解释过。

不知哪一年，父亲不再在门板上描漆了，也改成贴门对了。那一年，我父亲写的是：春入春天春不老，福临福地福无疆。三个春，三个福，写法各不同。父亲很满意，看了半天，品味着他的字。我们也跟着看了半天，比较着一笔一画的不同。

就在这一笔一画的品味中，一年过去了。

就在这一笔一画的品味中，许多年过去了。

那一年，贴好了自家的门对，父亲对我说，你去把那一套对联给王二面家送去吧……

现在，父亲已不再写对联，都是哥哥给村里人写。后来，干脆就不写了，因为每年银行都赠送门对，用不完。

这几年回家，我看到家里的对联，有建设银行赠送的字样，是我们行的一个书法家撰写的，很漂亮。

母亲说，乡镇没有建行，是父亲特地到县城的建行要的。

父亲说，儿子在建行，我当然要贴建行的门对子。

牛 五 爷

牛五爷跟我家是紧密邻居，但关系上并不紧密。

两家大人经常吵架，吵得不可开交。

可大人吵架，跟我们小孩有什么关系呢？我们照常玩我们的。

虽然，母亲经常警告我，不要去他们家玩，他们家人坏。可是，我管不住我的腿，总忍不住往那边跑。

诱惑我的，是牛五爷家的"小驴车"。小驴车，当然，是由驴跟车的组合，这可是牛五爷家挣钱的工具。

我们是不敢靠近那驴的。虽然，那驴看上去很可爱，长脸，大耳朵，冷不丁地会"唉唉"地叫。

因为这驴，我们的童年多了许多乐趣。我们小伙伴平常挤兑人，也经常拿驴说事。说谁的脸长，就叫驴脸。说谁的记性差，就叫"春风过驴耳，这耳进，那耳出"。说谁做了傻事，就骂"一早起来让驴踢了"。

对了，我们不敢靠近驴的原因，就是怕让驴踢了。

现在，如果看到驴，就会觉得驴很瘦小。比起马来，更是显得弱小。但那时，驴对我们来说，绝对是高大的。到初中学课文《黔之驴》时，写虎见到驴，庞然大物也，以为神。我们那时看到驴，就是跟老虎初见驴一样的感觉。

所以，我们喜欢驴，以为奇，但只能远远地看。

我们还喜欢牛五爷家小驴车的另一半——车。我们那叫"拖车"。

我们喜欢拉着拖车满村疯跑。坐在车上的男孩不停地喊：驾，驾。拉车的男孩绝不会觉得这是骂人的，相反，会拉得更欢，像小毛驴一样。

早晨，上学的时候，有时会碰到牛五爷正好套上驴车，要出去拉活。我们都兴奋极了，争先恐后的，爬上驴车。爬车，是在驴车慢慢行进的过程中，往上跳的。比如牛五爷，套好车，一抖缰绳，驴就像接受指令一样，抬腿向前走，走两步，便是小跑。牛五爷不紧不慢地一斜身，就坐在驴屁股后面的车辕位置。我们几个一拥而上，顺着车尾就爬了上去。牛五爷喊了一声驾！小驴便快跑起来。一路上，颠颠地，在嘻嘻闹闹中，我们就到了学校。

那样快乐的时光，比在学校上课要强上百倍啊。

但有一次，连着好几天，我们也没看到牛五爷和他的驴车。终于忍不住去问牛五奶。牛五奶说，出远门拉活去了，要两个星期呢。我们都相信了。但那天晚上回家，我正在做作业。母亲回来了。母亲跟父亲说，报应啊，这家人无恶不作，居然去偷人家东西，人被派出所拘留了，小驴车也被人家扣下了。

我听出来，母亲说的是牛五爷。

我说，不可能吧，人家牛五奶说，牛五爷是出去拉了个大活，要两星期才回来呢。

母亲没好气地说，你做你作业，别乱掺和。前三村后五庄的，谁不知道，他牛五是个贼，经常偷人家东西，这回被逮个现形。母亲又警告我，以后不许去他家玩了。

我很难过。第二天上学的时候，跟几个小伙伴一说。小伙伴们都不相信，说，你家跟他家吵架，就说人家不好吧。

当中，有一个小伙伴，叫李红旗的，说，他也听到消息了，牛五爷偷的那家，正好跟他外婆家在一个庄子上。

那么，牛五爷的小驴车一定也被扣在那个庄上了。

于是，放学的时候，我们在回家的路上，不由自主都拐了弯，在李红旗的带领下，向他外婆的那个庄子挺进。

到底是真是假，看看小驴车是不是被扣在那个庄上就行了。

在那个庄上，李红旗外婆的邻居家的门前，我们看到了牛五爷家的拖车，还有小毛驴，孤零零地在原地打转。

那确实是牛五爷家的小毛驴。

小毛驴看到我们，也不答话，好像不认识我们似的，背过头去，好像很害臊的样子。

我们几个默默地往回走。

没想到，这是真的。

没想到，牛五爷竟真的是个贼。

我们都拉了勾，再不坐牛五爷家的驴车了。

可几天后的一个早晨，我们看到牛五爷又在他家门口的驴圈旁套车，准备出发了。我们都不约而同地背着书包跑过去。

驴车一颠一颠地驶向街心的学校，我们嬉笑着，早忘记了誓言。

一晃，许多年过去了。

我已记不清牛五爷家的小驴车是什么时候在生活中消失的。

牛五爷也死去好多年了。

| 叶 老 师 |

叶老师是我小学时的数学老师，外号叫叶大麻子。他的脸，白白的，上面有麻子，密密的。

到了五年级的时候，叶老师教我。开学第一天，叶老师看到我，笑着说，邓洪卫，你也长大成人了。我父亲也在中心小学教过书，那时候我还

小，父亲经常把我带到学校来玩，叶老师很喜欢逗我。

叶老师说，洪卫，你一定跟你爸一样聪明，吃得下书吧。我红着脸，很文静地摇摇头。

他说，谦虚，跟你爸一样谦虚。谦虚使人进步。

后来，第一次考试，我的数学成绩不及格：58分。叶老师站在讲台上，一个一个发试卷，叫一个名字，报一下分数，发一份试卷。报到我的时候，叶老师抖抖我的试卷说，邓洪卫，上次你不是谦虚。

我红着脸，很文静地点点头。回到座位上，我认真地看我的试卷，把分数加了一遍。我举手说，叶老师，我的分数加错了。

叶老师拿了我的试卷，口算了一下，说，确实错了，给你多加了5分，53分。

我的脸一下子就红了，我还以为他给我少加了5分呢，看来，我的数学真不行。

叶老师说，你很诚实。我红着脸，慌乱地点点头，又摇摇头。

叶老师除了教数学，还教唱歌。叶老师的声音其实并不好听，一点儿也不亮，甚至有点沙哑。但叶老师乐感强，识谱。别的老师教唱歌，都不识谱，听着收音机硬学来的，他是对着谱子一句句唱。每教一首新歌，必先唱几遍谱子。所以，每到我们的音乐课，我们教室里总是稀里哗啦的唱谱声。

有一次，叶老师教一首战斗歌曲，其中有一句：敌人的飞机一架一架往下落。下面，我调皮的同桌夹杂在里面唱：叶老师脸上的麻子一个一个往下落。别的同学听不清，我听得清楚，忍不住笑起来。

叶老师走下讲台，问我，笑什么？我指着我同桌说，他唱你脸上的麻子一个一个往下落。

叶老师的脸红了，举起手里的音乐书要打。举到一半，又停下了，说，饶你一回。

叶老师刚转过身，我的同桌给我一拳，说，叫你当叛徒！

我"啊呀"叫起来。叶老师回身就把书打在我同桌头上，说，错上加错，不能再饶你了。

叶老师的家在学校南面三里外的一个村子里，叫皂角。他每天骑着自行车来上班。那时候，骑自行车上班的老师不多。

叶老师的自行车有点旧了，屁座上那块皮磨得雪亮，大杠上的漆也掉了，斑斑驳驳的。但很干净，很结实。叶老师很爱护他的坐骑，经常拿个抹布擦来擦去，拿个钳子对着各零件紧来紧去。叶老师说，别看它破，实用，耐用，跟着我七八年了。

这辆车是叶老师的父亲给他的。叶老师的父亲曾经是国民党军官，文革期间没少被批斗。我们见到过这老头，个头不高，瘦瘦的，很精神，很和善，一点儿不像电影里国民党军官那样凶狠。

有一阵子，叶老师上课神色很疲倦，因为他母亲病了。叶老师跟母亲感情很深。因为历史原因，他的国民党军官父亲很少顾及家，是他母亲含辛茹苦把他拉扯大。

有一天，叶老师匆匆忙忙赶到学校，是跑来的。原来，他的自行车被偷了。夜里，他到街上给母亲抓药，回来后，把自行车支在门前，没顾上锁，就进屋熬药。等母亲服完药，出去一看，自行车没了。

半夜三更，怎么就那么巧，自行车就遇到了贼呢？

叶老师在课堂上问。没有人回答。

第二天，叶老师请假。又过三天，叶老师来了，胳膊上套着黑箍。叶老师很沉痛地说，对不起，我母亲走了，我很悲痛。

那一节，叶老师没上新课，而是跟我们讲起他的母亲。最后，叶老师说，百善孝为先，我们都要孝敬自己的父母。

百善孝为先。这几个字像钉子一样钉在我的心里。

后来，我上了初中，就很少见到叶老师了。有一天，我放学回家，忽然听到有人在我后面说：这小伙子我好像认识嘛。回头一看，原来是叶老师。

我说，叶老师，您怎么在这啊？

叶老师说，看看老朋友，多看看老朋友。

叶老师问了问我的学习状况，还抚着我的头说，要好好学习啊，将来考上大学，有出息。

回到家，我对父亲说，我见到叶老师了。父亲发了一会儿愣，才说，老叶得癌症了，晚期，看来活不过今年了。又叹了一口气说，这人真不禁过啊！

…………

前不久，我回老家，70岁的父亲告诉我，他参加了一场他们初中的同学聚会。我问，是不是很激动，很高兴啊，一定喝了不少酒吧。

父亲说，没几个人喝酒了，大多数人身体有点毛病，忌酒了。

父亲还说，当时一个班四十来人，只联系上十几个，有的已不在人间了。老叶算是走得最早的人。

父亲说着，老泪纵横。

算起来，叶老师去世已经近30年了。

三 姨 奶

三姨奶不是我的三姨奶。

我性格内向，遇到生人或在人多的时候，很少说话。这是小时候就有的性格。

这样的性格，使我很少跟小朋友们一起玩，只有自己闷在家里看书，或者发呆，想心事。

那么点孩子，能有什么心事呢？

我自己都弄不清楚在想什么。

后来，迷上了听书。我后来写小说，就跟那段听书岁月有关系。

听书，不是在书场里听。那个小乡村，哪有书场啊。先是听村里爱讲古的王大嘴讲，再后来，听收音机里讲。

我家里没有收音机，听书只有到老钱家听。那时村里有两台收音机，一台是老杨家的，去的人很多，另一台是老钱家的。

老钱家的人很忙，地里有活，街上有生意，很少在家。在家的是一个老太太。

这个老太太就是老钱家的人经常叫的三姨奶，是钱家奶奶的三姐姐。

我们也跟着叫三姨奶。

一到收音机里说书的时间，我就赶来了，我搬出一张小桌子，放在门前的树阴下，再搬出一张椅子，一张凳子，再搬出收音机，放在场院里，调好台。

三姨奶就躺在那张老藤椅上，轻轻地摇着蒲扇。我坐在凳子上，半个身子趴在桌上。

三姨奶有60多岁吧，满头白发，慈眉善目。听说，年轻的时候，非常漂亮。虽然岁数大了，但身子架依然不倒，脸盘儿也透着英气。

我甚至想，她就像《三国》里的吴国太、《岳飞传》里的岳母、《杨家将》里的佘太君。

我也看过一些电影，三姨奶就像电影里一些很有身份的母亲人物，有着城里人的雍容大度，决不像农村人。

可是她的身世，并不雍容，也不富贵。

听钱家的奶奶说，她年轻时候，确实很漂亮，也嫁给了一个好人家。可是，她不生育。她的婆婆就不待见她，最后逼着儿子跟她离了婚。

过了几年，她又改嫁了。这男人死了老婆，有三个孩子。她对待三个孩子，就跟自己亲生孩子一样。可是三个孩子并不领她的情，没有一个孩子叫她一声妈。三个孩子都长大了，成家了，有的还进了城。好在她的男人很体贴她。可最不幸的是，男人得了绝症，撂下她一个人，走了。她就成了孤家寡人，没有一个孩子亲近她，甚至把她赶出来。她真的无家可归了。钱家奶奶看她可怜，把她带到家里来。

这亲姐妹，其实长得很有差别，钱家奶奶的皮肤很黑，牙也不好看，怎么看也不像亲姐妹呀。但钱家奶奶的命好，钱家爹爹曾在一个厂里工作，后来退休了，领着退休金。钱家奶奶为老钱家生了三个儿子，两个女儿，可以称得上人丁兴旺。

三姨奶到了老钱家。老钱家人对她都不错。可三姨奶好像并不快乐。

树阴下，等着听书，三姨奶会跟我聊会儿天。聊着聊着，三姨奶会叹一口气。听完书后，她并不让我走。有些没听明白的，她会再问我。我总是回答得很好。

三姨奶常常夸我。三姨奶说，这么点孩子，不爱说话，却什么都懂。

那样的听书岁月，持续了一年吧。后来，我不去了。不去的原因，是跟钱家的二小子干了一架。那架干得狠，谁也想不到我一个闷葫芦会那么狠。我要跟他们家决裂。

后来，我考上初中，住了校。每个星期天回家的时候，母亲总是说，三姨奶老是念叨你呢。

记得有一回星期六下午，我回家，遇到钱家奶奶上街。钱家奶奶说，二品呀，麻烦你到我们家看看，三姐老是念叨你，你去跟她说几句话吧。

我答应了。可是，我竟然没有去，而是径直回家了。为这事，我被母亲说了好几回。说归说，我还是没有去。我承认，我是不懂事的孩子。

再后来，我上高中，回家的次数更少了。

再后来，三姨奶死了。是自杀。

听母亲说，好像跟钱家奶奶闹了些矛盾。具体什么矛盾，我也没听明白。

姐妹俩闹矛盾的时候，我母亲去调解过。我们那里把劝架叫"做拦停"。

当时"拦停"是做下来了，姐妹重归于好，各忙各的事。可是，谁也没想到，姐姐一个人在家，把自己吊在了一根绳子上。

母亲去做"拦停"的时候，三姨奶还说，二品个头长高了吧，书念得好吧，真是个灵巧的孩子，肯定有出息。

我怎么会灵巧呢？我很笨拙，笨拙到一些人情世故都懒得去做。

当时，无论如何，我都该去看看三姨奶的呀。

大 姑 父

听到大姑父去世的消息，我正在出差的路上。我在电话里对父亲说，我要好几天才能回，来不及参加大姑父的葬礼了，你就给我随份礼，并跟

大姑解释清楚。父亲说，工作要紧。

我最后一次去见大姑父是在去年春节。大姑父80大寿，我特地从盐城赶回响水六套家中。大姑父看上去很硬朗，披着一件很厚的大衣坐在门口的条凳上，冬日的暖阳下，满面红光，心情很好。我坐在他斜对面的凳子上，他问了我一些近况，大意是，听说你到市里了，适应吧，多回来看看呀。他的嗓门很大。我知道他的听力不太好了，我也粗门大嗓地说话。这时候，场院中放起了烟花，声音此起彼伏，我们中断了谈话，都把眼睛转向天空。天空中火花飞扬，五彩缤纷。他很满意地笑着，间或咳嗽两声。这好像是老毛病了，从我见到他的第一次开始，他就这样咳嗽的，这么多年没加剧，已经非常不错了。在一番咳嗽后，突然他提高嗓门说，别放那么多，留点我90岁再放啊。场上的人听到了，都笑了，他们也大声说，您老就别焦这心思了，到90岁时，烟花比这还多，还漂亮。我没有参加大姑父的寿宴就回到县城。因为县城还有另外一些人情要照顾。

大姑父个子不高，头发不多，好像早早地谢了顶。面皮黑红，嘴巴有点瘪，嘴就显得凸出来。他姓汤，叫汤德海。这名字很响亮。后来，我读《三国》，《三国》上总说刘备仁德布于四海，我就想起了大姑父的名字。当然，乡下人并不能领会这名字的响亮，大家也并不叫他名字，都叫他老汤。老汤，喝酒。老汤，吃菜。老汤，赶集。老汤，亲自打麦子啊。老汤，西瓜不错，我买一个啊。老汤，卖废品啦，秤打足了啊。老汤，红花大太阳的，好好晒晒啊。老汤，能喝两盅不？老汤……

是的，大姑父喜欢喝酒。他做过生产队队长，人家叫他汤队长，这是他做过的最大的官，他很满足。当然，他没把自己当官，跟社员同志们打成一片。打成一片的标志，就是在一起开开心心地喝点小酒。刚开喝的时候，社员同志们都叫他汤队长，两杯酒下肚，放开了，就叫他老汤了。老汤当然并不较真。老汤喝酒。老汤吃菜。于是老汤的菜没吃几筷，酒就喝多了。老汤经常戴一顶呢帽子，这也是身份的象征。喝多了，头发热，帽子就拿下了。等喝完酒，要走，要把帽子往头上戴，却总是戴过了劲，甩脑后去了。光着脑袋回到家，呼呼大睡，第二天早上找帽子，不见了，原来还在社员家的墙根下。

我还记得一件事，那时候我还很小，刚记事。他有一次到我们家来，我们发现他的脑袋上有个很深的眼子。原来，他跟大伙一起收庄稼，用拖拉机往回运，到最后一趟，别人都先回家了，他留在最后。拖拉机手当然不能把队长一个人留下，自己开走，就请队长一起走。队长盛情难却，只好爬上高高的麦草顶端。不曾想，拖拉机开动了，颠了一下，他没坐稳，跌了下来。庄稼地软乎乎的，跌两下没事，问题是，麦草上还有两件农具，也掉了下来。很巧，有一件就砸到他脑袋上。更巧，砸的不是太深，没碰到致命的地方。多险呀！他算捡回了一条命。

后来，分田到户，大姑父不做队长了，经常做点小生意，在街上摆摊子，卖点蔬菜水果。有时，我在街上碰到了，他总是拉着我，搬个大西瓜让我带回去。我不带。他着急了，说，带给我妈的。他说的妈，当然是我的奶奶。当然，这个西瓜带回去，不可能都是奶奶吃，而是我们全家一人一瓣，分而食之。

大姑父近六十岁的时候，到另外一个县城帮着他的三女婿收废品。这个活计很轻闲，大姑父做得得心应手。有一次，我骑自行车去那个县城办事，回来的时候，经过废品站，顺便看望了一下大姑父。当时，大姑父正在跟一个城里老头聊天，聊得很开心，大姑父说，你别糊弄我，我也是做过干部的，你别拿生产队长不当干部。那老头哈哈地笑，说，你现在又是废品站站长了。临走的时候，大姑父给了我10块钱，让我坐车回去。我没有舍得，又回到县城买了两本需要的书，仍然骑着自行车回家。半路上，起风了，风中飘起了雪花。我顶风冒雪骑了几十里路赶回家，手脚冻得冰凉冰凉的，但我从包里取出两本书来，顿时觉得很温暖。后来，我考到常州念书，每次寒暑假过后上学，都要到那个县城跟车，每次，都要到废品站坐坐，听大姑父跟一些老头开着玩笑，体味他们平凡而乐观的人生。

大姑父从拖拉机跌下的那年，正值壮年，四十多岁。我的爷爷奶奶、

父亲母亲都责怪他不该疏忽大意。他哈哈大笑说，我是个好人，做过许多好事，老天爷有数，要增我的寿的，老天爷当然不是小气鬼，一年两年也没什么增头，最起码要再给我增四十年吧。老天爷并不是很大方，只给他增了三十多年。而我从当年的小屁孩，一晃也进入四十岁的行列。人生如白驹过隙，倏忽就过了几十年。

大姑父和大姑育有三男三女。我的几位表兄弟姐妹们都勤劳朴实，心灵手巧，有着自己的手艺和行当，在家乡的小镇上幸福而安稳地生活，养育着自己的子女。

大姑父享年81岁。

第二辑

构虚
构实

秦 武

秦武是个诗人。诗人都有点怪。不怪写不出好诗。

秦武也有点怪。光头，锃亮锃亮。一字胡须，怪怪地向上翘着，像是挑衅。眼睛看人的时候，有点狠。

这跟他的经历有关。别看他的名头很响，又是诗人，又是总经理。其实，他很孤独。他怕别人说起他父亲。他说，那是他的软肋。

秦武的父亲是镇兽医站站长，在镇上是个人物，人称"小宋江"，仗义疏财。谁家有困难了，接济一二，逢高兴了，摆几桌，请一些穷朋友来豪饮一番。喝得杯盘狼藉，横七竖八地躺着，是常有的事。这也是秦武小时候常看到的场面。

但是，这样的场面，在一天早晨戛然而止。小秦武的父亲在自家的屋顶上晨练，忽然摔了下来。

接下来，一家生活的重担，都落在母亲一人身上。

父亲仗义疏财的朋友，这时候，都散了，没一个傍边的。

其实，很多人都跟秦武父亲借过钱的，可是秦武父亲从来没让他们打过借条。就算是打了借条，也不一定认账。

秦武过早地看透了炎凉世态。

秦武在艰难的环境下，念到中专毕业，却找不到工作。他的一个诗友在深圳办了一个公司，他就收拾行李，投奔了去。兜里刨去路费，只剩下5元钱。到了深圳，已是夜晚，下了车。跟一个拉三轮的谈妥了，到某个地方，5块钱。三轮车夫很痛快地答应了。他说，好，上车吧，知道你外乡人，不容易。秦武的心里涌上一股感动，眼里竟有一些湿湿的潮。

车子飞快地行进，突然他听到车夫的一声断喝，到了。

秦武探身一看，四周黑乎乎的，根本不像他朋友所说的繁华路段。

车夫手里拿着铁棍，喝道，下来。

秦武下来。

车夫喝道，拿出来。

秦武明白，这是个黑车夫，劫道的。

秦武从兜里翻出5枚硬币来，放在车夫的掌心。

车夫说，都拿出来。

秦武说，没有了。

车夫骂道，找死啊！

秦武说，打死我也没有了，要不我把这身衣服也脱给你。

车夫道，你这身破衣烂衫，谁要。

车夫狠狠地说，倒霉，碰上你这穷小子。

上了车，发动，一下子蹿出老远，忽地又停住了。

又是一声骂，妈的，不要了，腥了手。随着车夫的手一扬，一阵叮叮当当地响，那是硬币落地的声音。车子又发动，轰地一声，跑了。

在一瞬间纷杂的声音中，秦武还是听出来，共6声响，也就是说，他给了车夫5枚硬币，而车夫扔回来6枚。

他赶紧跑过去，在石板路上找寻。他在10分钟之类，找到了5枚。第6枚，让他找得好苦。他甚至有些怀疑是不是6声响。可最终，在一个石头缝里找到了。而那时候，天已经亮了。他将6枚硬币放在兜里，走出巷口，他朋友所说的公司就出现在面前。

秦武在深圳闯荡了5年。5年后，他又回到了家乡办公司。公司办得不

太景气，亏损。跟朋友吃饭，大多是朋友掏钱。

有一天晚上，我们在大排档里喝酒，他讲起了这个故事。他很感激车夫。是个好人啊，难得的好人。

他说，当年，我父亲接济过那么多人，可他一死，没一个人送过来一分钱。可这个车夫，在他最困难的时候，却送给他一枚硬币。

他说，寻硬币的过程，也给了他很大的启示。他到现在写过无数首诗，可是好诗也就那么几首。就如他找到的第6枚硬币。这枚硬币才是诗啊。

那天，我们的酒喝多了，我们的话也分外多。

秦武喝得更多，他趴在桌上，先睡了。

几个民工模样的人就在这个时候走过来。为首的一个说，老板们，我们是到这里打工的，老板跑了，我们一分钱工资没拿到，求求你们，给我们口饭吃吧，我们已经饿了一天了。

我们喝着酒，没有理他们。

趴在桌上的秦武却说话了：到旁边的桌子坐下，每人一碗凉皮，一瓶啤酒，我请客。

几个人道声谢，全围在旁边的桌子上坐下了。为首的那个民工说，今天算是遇上贵人了。

秦武说，错了，你们没遇到贵人，是遇到好人了。

民工说，是，是，好人，好人。

秦武对我们说，我刚才眯了一觉，也就两分钟的工夫，我见到我父亲了，我父亲说，要做个好人啊。

秦武说着，满脸的泪水。

| 阳台上的女人 |

　　有那么两三年，为了方便女儿上学，我在学校的旁边租了房子。房子就在围墙的外面，女儿从家里到教室，前前后后不到五分钟的时间。

　　每天早上，我得起早，做早饭。女儿上学了，我站在阳台上往下看，看到女儿背着书包快步走在围墙外面的水泥路上，跟同学们一起涌进了校门。校园的大喇叭里播放着优美或激昂向上的音乐，同学们或慢悠悠地走，或快步疾行，或一个人，或几个人结伴，还有的骑着自行车在人群中灵活穿行。校园里叽叽喳喳的，就好像布满小鸟的森林，一片喧闹。这时候，他们都忘记了背上背着的沉重的书包，忘记了昨晚做作业的辛苦，一身轻盈。

　　女儿上学了，我离上班的时间还有近两个小时。如果天冷，我会溜进被窝再眯一会儿。但大部分时候，我愿意看看书，写点东西。到七点半钟时，我到厨房，吃早饭，再准备一下中午的饭菜。这时候，我往往会习惯性地抬起头，往窗外看。我会看到后面那幢与我家正对面的三楼，一个头发蓬乱、身着浅花色睡衣的少妇正探出窗外，把被子铺到窗外的晾衣架上晒。早晨的阳光柔软，洒在白白的被里上，跳动着光晕，与少妇的脸相映衬，构成一幅和谐的画面。那少妇趴在被子上片刻，便关了窗户，回身在阳台的衣架上取了几件衣物，身段在门口停留了片刻，进卧室了。

　　她的阳台上晾满了衣服。有的衣服是前天洗的，干的，有的衣服是昨晚洗的，还没干。她经常在晚上洗衣服。她洗衣服的时候，我正在厨房里给女儿做夜宵。她家的阳台上灯火通明，引得我忍不住多看两眼。有时

候，她边洗衣服，边接听电话。她接听电话的样子很优雅：把手机夹在耳朵和肩膀间，手还不闲着，从洗衣筒里捞衣服，放在晾衣撑上，挂在晾衣架上。整个接电话的过程，她都微笑着，我虽然听不到她说什么，但可以感觉到她的开心。我不由得浮想联翩。谁的电话呢？丈夫的？这么长时间，我从来没见到她的丈夫呢。她的丈夫为什么不在家？是在别的城市上班，还是在外做生意？父母或其他亲人打来的吗？不太可能，因为有事说事，不至于打得这么久，而且是在她洗衣服腾不出手来的时候。到底是谁打的？就没法得知了，再说跟我也没啥关系啊。女儿吃完夜宵，又做了会儿作业，要睡觉了，我到厨房给她热杯牛奶，看到对面阳台上的那个少妇，仍然在接电话。她的衣服已经洗完了，她仰在阳台一边的躺椅上，接着电话，仍然是笑眯眯的表情，有时甚至是大笑。我敢保证，这个电话还是先前她洗衣服时那个人打来的。我的天，前前后后，说了有两个小时了啊。那到底是谁的电话呢？

吃过早饭下楼上班，我经常看到她也在楼下。头发已不再蓬乱，而是梳得整整齐齐的，在脑后绾了个结，脑门光亮亮，一根头发丝也没落下来。身上也不是睡衣，而是统一的制服，草绿色上衣，青色裤子，显得十分精神干练。看得出来，她是位窗口服务人员。我还猜想，她一定是单位的青年文明号、示范岗啥的。她长得漂亮，面容姣好，身材也不错，挺拔有形，像一棵白桦树，有女兵的风采。她的身边是一辆红色的马自达，她打开车门，坐了进去，车子发动，缓缓地出了小区。校园对面有个小卖部，那位憨厚的大哥在小卖部外面摆货，看到她来赶紧闪到一边，目送着她拐出小区。校园门口的年轻保安，目送着她，一直到她的车拐到街上去，被大楼挡住了，才把目光收回。

我几乎每天都看到这个少妇，有时在窗口看到，有时面对面遇到，有时在街口的早饭摊上。她总是笑吟吟的，脸上洒满了阳光，浑身也涌动着青春勃发的力量，散发着迷人的光晕。总之，这个少妇给我留下的印象是多么美好啊，也给我留下许多想象的空间。

有一天，我在一个喜欢摄影的朋友的博客上看到了一组图片，是机关送服务下乡的，忽然就发现了她。她穿着制服，挎着服务志愿者的授带，仍然那么精神饱满，仍然那么笑意盎然，与一些同事站在一排桌子后面。大概是她漂亮有气质，吸引了我的那位朋友，他给她的镜头最多最慷慨。或给行人发传单，或给咨询者讲解，或与同事说笑，或低头在思考什么，形态各异，气韵横生，像一朵腊梅，在冬日的冷色调里，尤其艳丽，引人注目。

我忍不住问这个朋友，认识这位少妇吗？他说不认识，知道她在某局窗口服务，那天是开着红色马自达来的，是去的人当中最漂亮的一个。我笑了，说，怪不得你给她那么多镜头，看来你喜欢她了。他也笑了，说，你不也是只打听她嘛。

转眼三年就要过去了，女儿要参加中考。我们将离开这里，搬到自己的家里，那儿离高中校区近。说实话，我有些舍不得。这里的一切是那么熟悉，旧式的楼房，有着悠久历史的校园，满眼都是绿色，那个可爱的小保安，还有校园门口小卖部的大哥，当然，还有那个开着红色马自达的阳光少妇。

这一天晚上，我下班回家。老远就听见小区门口有人争吵。到跟前一看，熟悉的红色马自达轿车抢先进入我的视线。争吵的声音是从车里出来的。

你瞎了眼啊，没看到我车进来啊！你那破三轮车急什么，不能让一下啊！你看我干什么呀，我怕你呀，看你那死色，不像人样，把你卖了也赔不起我的车！快滚开，别让我恶心！

在马自达的旁边，一个收破烂的老人扶着三轮车，红着脸在辩解着什么。小卖部的大哥和学校传达室的小保安也都在门口，把老人往一边拦，还劝解车里的少妇：反正也没碰着，算了吧，别往心里去。

少妇气哼哼地，发动车子，"呼"的一声，进了小区深处，只留下一团烟雾，很快散去。

小卖部的大哥目送着马自达的身影，摇了摇头。

小保安也目送着马自达的身影，摇了摇头。

| 租 房 记 |

我告别妻子，到这个城市谋生，找到一份会计的差事。工作有了，却没有房子。总不能住办公室，更不能露宿街头。经理也很和善，让我在外租房，一年补贴我5000块钱。

我便在单位附近租了一套房子。房子不大，一室一厅一厨一卫。虽然小了点，我一个人住，正合适。

房东姓吕，四十岁左右，个子高高的，看上去也爽气。说，一个月700，一年8400。如果你一次性交了房租，一年8000吧。又说，我这样的房子，租给别人一年得10000，一分不能少，主要看你从县城来的，单身一人，不容易。

我想了想，单位补贴我5000，我自己只需掏3000，合算。我就先交了一年房租。我算了算，我在这单位起码要待三年。所以订合同时，订了三年期，每年交一次房租，这也挺好，省得搬来搬去。

我是6月份租的房，到了12月份，老吕突然打电话来，说要涨房租，一年增加2000，凑足10000。我说，这半截拦腰的，涨什么房租。

他说，你没看这半年，物价飞涨，不要说房价涨得一塌糊涂，猪肉都翻倍了，我这房租岂能不涨？

我说，合同定的是三年，这才过了半年，就要涨房租，没道理吧。如果非要涨，也得租满一年，下年再涨。

他说，你是学会计的，我要按你们会计年度来涨。会计年度是1月1日到12月31日。我就从1月1日开始涨。

我说，我考虑考虑吧。

他说，行，三天后答复我。

我决定不租老吕的房子，这个人不地道。

我在附近找了三天，空房子倒是有，但每年租金都是一万多，我有点舍不得。没办法，当老吕打电话要求我答复时，我说，你还是按合同来吧，合同上写着，房主在合同期内不得擅自涨房租，你不能违约。

他说，你拿出合同来看看，上面还有一句，如果房主确实需要房子自用，可提前一个月通知，并付违约金500。我现在要自用，退你半年房租，再付你500违约金，请你一个月内搬走。

我翻开合同看了看，果真如此。当初也看到这款，没放在心上，现在遇到麻烦了。

我想了想，说，好吧，那你写个书面说明过来，因为我一个人在外，老婆不放心，把工资卡啥的都收在她身边，我已经跟她说过房租是8000块。现在你中途要涨价，我没法跟老婆交待，老婆会以为我骗钱在外挥霍。你写个说明过来，我向我们家领导汇报一下，好让她拨2000块钱来，如何？

他说，好，我给你写。

很快，他写好一份说明送给我。

申请书上写着：因物价上涨，房租也要上涨云云。

我说，你等我答复吧。

他问多长时间答复。

我说，三天。

三天过去了，我没理他。他打电话过来，问我请示得怎么样了。

我说我们家领导不同意。

他说，领导不同意你也得自己掏钱加上房租。

我说，我没钱。

他说，那我要收回自用。

我说，我不同意。

他说，那我就起诉你，让你搬出。

我说，去起诉吧。合同上说，合同期内不得涨价。你要涨价，证据在我手里，你的官司输定了。

他愣住了，说，还是你这个会计会算，我算不过你。

我很得意。

不料，他愣了片刻，说，其实，我涨房租不是为了别的，是因为我听说你们单位每年补贴你5000块房租费，也就是说你只花了3000块租房，你得着大便宜了。

我说，你这叫什么话，每年你拿到8000块房租就行了，你管我单位补不补贴呀。

他说，我的心里不平衡，凭什么你们有单位的人租房可以有补贴。当初便宜点租给你，就是因为看你县城来得不容易，凭什么让你占了单位的便宜，又占着我的便宜。他愤愤然。

我不想跟他纠缠下去，因为我还有许多事，便说，我再给你1000块钱吧，一年9000块钱怎么样？

他说，为什么？

我说，按合同说，你不能涨价，但你提出涨了，我尊重你，给你涨，但也不能你说涨多少就涨多少，你也让我一下，折中，涨1000块，彼此有个想头。

他摇头说，不就是涨个价吗？怎么上升到这么深的理论高度，不行。

最后，我决定宁可多花点钱，租别人的房子，也不租他的房子。

他也决定，宁可把房子空两个月租给别人，也不租给我。

你们这些上班的人，就喜欢把简单事情复杂化。他说。

| 父 亲 的 泪 |

那个下午，父亲将场上的花生翻了一遍。回到屋里，戴上眼镜，翻看昨天的晚报。这张晚报是今天上午送来的。到现在，父亲已经翻来覆去找了好多遍了，当又一次确认没有发现作家儿子的文章时，父亲又从抽屉里取出另一张晚报，翻开，凝神读一篇文章。不用问，这篇文章是他在城里当作家的儿子写的。

几个村干部就在这时候像泥鳅一样滑了进来。为首的那个人干咳一声，胡老师，您又看报呀？

父亲的目光从报纸上移开，看清楚说话的是村支书吴美德。父亲说，是吴书记呀——话悬在空中，却不知说什么好，只好也咳嗽一声，啊，看报。

我们村委会有的是报纸，哪天我给您捎一卷来。吴书记说着，顺手抽过一张凳子坐下。

父亲取下眼镜，轻放在桌上，说，每天一份晚报，够了。然后扫视屋里站成一圈的大小村干部，问，有事？

吴书记说，主要是来看看您，顺便说一说一品的事。

一品就是我哥，我父亲的大儿子。

吴书记说，一品欠提留款二百块钱，已经近一年了，我们做了大量工作，做不通呀，要我说，算了。可是，别人不让呀，村里近百户人家，都交了，怎么就他不交？

吴书记吸了一口烟，接着说，村里已经研究了，要请派出所来执法。我是您的学生，一品就是我的弟弟，我不能看着他吃亏呀，所以，我想请

您劝劝他。

父亲叹了口气，说，小吴呀，你也知道我们家的事，一品把我当作仇人呀！

大哥确实把父亲当作"仇人"。父亲跟大哥的"仇"，是在大哥第二次高考落榜的那个夏天结下的。

我清楚地记得，那天晚上，我们家屋里弥漫着浓浓的猪爪子香味，那是我姐从街上捎回来的。父亲、大哥和我，每人的碗里都有一截肥肥的猪爪子。就在我和我哥啃的满嘴冒油的时候，父亲却将属于他的猪爪子夹到大哥的碗里，然后，他用商量的口气对大哥说，你看，明年是不是就别考了，让二品考吧，二品成绩不错，能行，等二品念成了，我再缓出空来，让你学个手艺。

大哥像被骨头卡住一样，顿在那里。好一会儿，我听到"叭"的一声响。那是大哥把碗砸了，那截猪爪子也滚落在地。大哥起身，回屋，甩上房门。父亲站在大哥的门前，张了半天嘴，终于转过身，将那截沾上泥的猪爪子捡起放在桌上。打那，父亲再也没吃过猪爪子。

第二天，大哥就离家去了南方。大哥到南方并没混出多少名堂来，最大的收获就是混回来我嫂子。回来后，大哥在村里做起了文书，后来又不去了。大哥盖瓦房的那年，父亲曾送去两千块钱，被大哥冷脸推了回来。

大哥说，我们是仇人，我就是要饭也不会到你的门上去！

果然，十几年，大哥再也没跟父亲说一句话。

这十几年，我们家也起了很大变化。我没有辜负父亲的期望，上了大学，还混成个作家，隔三差五在地方晚报上挤一块豆腐丁。于是，每天，在晚报上苦苦寻找我的豆腐丁成了退休后父亲的一大乐事。这几年，父亲的日子好过了，手头也小有积蓄。父亲经常对我说，如果在十年前有这个样子，你哥就不会这样恨我了。

可是，毕竟，十年前没这个样子呀。

当然，这几年，我也曾多次劝过大哥，可大哥就拧着那根筋不放。

当父亲从伤痛的记忆中回到现实时，吴书记已经站起来，他说，好，就这样吧。

几个村干部像泥鳅一样滑出窄小的屋门，滑到空阔的院场上。他们都没有立即离开，而是同时仰脸看天。他们的脸上像抹上一层脂膏，泛着油亮的光泽。不知谁踩着了花生，发出了一种清脆的声音。这时，他们听到屋里传出来父亲急急的声音：吴书记，你等一下。他们同时扭过脸。父亲从里屋出来，将两张百元的票子放在了吴书记的手上。吴书记接过来，握住父亲的手说，胡老师，您是个好人呀，一品会理解你的。这话是阳光，父亲的心像场上的花生一样，暖和起来。

只是父亲心里的暖意并没有持续多久。第二天，父亲到小街去卖黄豆，回来的时候遇到了我嫂子。嫂子跟我大哥一样，几乎不跟父亲说话。但那天，很意外地，嫂子说话了。嫂子说，你上了那帮狗日的当了。见父亲皱着眉头茫然不解，嫂子说，一品曾给村里白耍了两年笔杆子，应该得800块钱，可村里到现在一分钱没给。他们赖，我们凭什么不能赖。嫂子还说，你教了几十年书，都教哪去了。

父亲愣住了，父亲倒没有去计较嫂子那不合身份的语气。父亲真的没想到事情会是这样。后来，父亲果断地回转身，拎着空口袋向小街上的村部走去。

直到下午，父亲才回来，据说是吴书记留他喝了酒。父亲不顾多年的胃病，喝了几杯。父亲对我嫂子说，他们答应了，欠一品的工资一分不会少。嫂子从鼻子里哼了一声，很不屑地说，那帮狗日的，没一个说话算话的，除非太阳从西边出来！

但太阳真从西边出来了，当天晚上，村会计就将800块钱送到了大哥的手里。大哥和大嫂都有点发晕，他们都没有注意到村会计始终挂在脸上那诡秘的笑意。

一连好几天，大哥和大嫂都处在一种晕晕乎乎的状态。

可是，村里又有了一种传言，说那800块钱工资，其实是父亲垫上去

的。为此，父亲还请在场的村干部们喝了一场酒，让他们保守秘密。村干部们也都当众拍了胸脯。

有人向父亲提起这事，父亲瞪眼说，我怎么能做这样的傻事！可是心里却骂，那帮狗日的，果然说话不算话。

几天后的一个中午，快到12点钟了。小村屋顶上的炊烟渐渐淡了，家家户户都端着碗围坐在自家树阴下的小桌旁。父亲从小街上回来，一路上，不断传来热气腾腾的招呼声：吃饭啦，胡老师。父亲微笑着表示谢意。父亲的脚步移过大哥家的门口。从大哥家的屋里飘来浓浓的肉香味，那是熟悉的烀猪爪子的香味。父亲忍不住深深吸了一口气，眼里泪花闪烁……

| 一九八三，上南京 |

一九八三年的那个黄昏，我背着书包走出小学五年级的教室。我看到班主任周老师站在办公室的门前向我招手。于是，我上南京的梦就在那个黄昏像美丽的彩霞在天边铺展开来。

周老师说，我们班已经被省教委评上十佳少先队，将有一个队员代表在这个暑假到南京参加颁奖仪式，我想，你是最合适的人选。

接着，周老师说明了让我去的理由：因为代表去南京要向与会人员介绍经验，交流心得，回来还要到全县小学演讲，考虑到你写作能力强，口才也好，我想让你去，但是——周老师用他特有的重音开始转折——但是，这必须得全体队员统一投票决定，所以，你应该树立在班里的威信。平常你已经做得很好，现在只需要添上一把柴、烧一把火就可以了。

周老师喝了一口水，又说，这火怎么个烧法呢？这不要你操心，我已经为你策划了一个具体方案，你只需贯彻执行就妥了。

周老师为我策划的"烧火"方案是这样的：我们村有一个叫张铁嘴的人，爱讲一些旧故事。周老师让我在他讲故事的时候，挺身而出，义正词严地斥责他这种散播封建思想的坏行为。然后，我自告奋勇给大家讲一个民族英雄的故事。这故事由我选择，或者岳飞大战金兀术，或者戚继光抗击倭寇，或者郑成功收复台湾，等等。我做完这些，下面的文章就由周老师来做。周老师将这事写一篇文章投到报社和广播站，争取在全乡甚至全县树立一个少年先锋典型。那时候，派我去南京便是顺理成章的事。周老师最后还强调说，时间很紧，你要抓紧办。

那天，我唱着"让我们荡起双桨"走出校园，走上了通往我家那三间

第二辑　构虚构实

小草屋的乡村小路。我边唱边挥舞着胳膊作荡桨状，仿佛要荡到南京去。我的歌声混合着农作物的气息在田野里飘荡，三两只麻雀从麦田里飞出跟我一起叽叽喳喳地唱。唱着唱着我停了下来，因为我忽然想起周老师没有让我唱歌，而要我讲一个故事。我环顾四周，没有人影，只有一望无际的麦子在我的两厢垂手而立。面对此景，我突然生出万丈豪情，这广袤的田野就是剧场，而无垠的麦子就是我的听众。于是，我端起膀子，放开嗓子，学着刘兰芳，来了一段"岳飞大战金兀术"。麦子发出沙沙的声音，仿佛在为我的精彩演出鼓掌。我转身向后看，这条小路通往我的学校，学校的北面是一条街，街的尽头是一条宽阔得能并排走五头牛的马路，那条马路直通我曾经魂萦梦绕、而不久将成为现实的南京。那时我从课本上知道南京有雨花台，雨花台上有雨花石。于是，我就觉得南京的地上没有泥土，而是铺满密密麻麻的颜色各异的雨花石。到那里，就可以尽情地捡雨花石。我的眼前不再是麦田，而是彩石飞扬。我的感觉好极了，真是好极了！

现在，我有必要向您介绍一下我们的班主任周大明老师，你想象不出我们多么佩服他。我们佩服的倒不是他教学水平多高，而是他点子多。我们在背地里给他起了许多外号，什么"赛诸葛""小子房"，总之，将古典小说中机智人物都用上了。他经常布置我们一些"课外作业"，比如：让我们每星期交上几只老鼠尾巴；或带两本小人书捐给边远地区的小学生，等等。而不久，这些好人好事总会通过各种媒体传得家喻户晓。要不，我们班也不会获得全省十佳少先中队。

可让我失望的是，那几天，张铁嘴的家门一直紧闭着。一打听，原来，他上城里的儿子家去了。我火急火燎地把情况向周老师作了汇报，周老师让我别着急，耐心等待。

张铁嘴终于在我焦急的等待中出现了，并且在当天晚上坐在门前的老槐树下摇着蒲扇讲古。他的前后左右围满了人，聚精会神地听，我也混在其中。那天他讲的是一个叫"墙头马上"的故事。当他讲到马上的书生与墙头上的小姐暗送秋波时，我"腾"地站了起来，大喝一声："吆！"下面的话应该是"张铁嘴休要胡言，少要张狂，某家来也"。但这句话我没好意思说出口，只是开门见山说：大家不要听他散播封建思想，我给大家说一段岳飞大战金兀术。然后，我便自顾自说了起来。正说着，一双有力的大手从后面拎起了我的耳朵，将我拎出人群，拎到家中，扔在床上。我知道那是我的父亲。

很快，这件事经过周老师的艺术加工，在广播上播了，在报纸上报了。在班会上，我以全票当选为赴南京开会的代表。

但我最终没有去南京开会，原因是会议因故延期了。而我因表现突出直接升了初中，其他同学跟着周老师上了六年级。

那个会议终于在一九八三年的十月份在南京召开了，周老师让一个女生去南京参加了会议。那个女生回来后，周老师又张罗了一个报告会，我作为功臣列席会议。听那个女生声情并茂地讲述着她的南京之行，我的心里酸溜溜的。

六年后，我到了一所离南京很近的城市读大学。一个周末，我跟一个南京的女生一起去了那个向往已久的城市。在车上，我动情地向那女生讲着一九八三的南京之梦。那个女生掩着嘴哧哧地笑着，将嘴里的瓜子壳吐了一地。她说，在你做着南京梦的时候，我已经在那个城市居住了十二个年头了，那时，我的心里时时刻刻想往外面飞。

我的心在颤抖：原来，一个人为之奋斗了几年几十年甚至一生的目标，竟只是另一个人的起点呀。

一九八六，逃跑

一九八六年的夏天，我考上了县一中。由于我基础薄弱，考上县中的又都是各校的一些尖子生，所以，我的成绩怎么也跟不上。我对学习产生了前所未有的恐惧和厌倦。

那天，同桌蔡小毛虫对我说，太没意思了，成天做不完的题，考不完的试，三十六计，咱们"走为上"吧。我在心里压抑多时的情绪一下子被调动起来，我说，走！

往哪走呢？蔡小毛虫说，走得越远越好，往新疆吧。我说，不行，新疆太远，语言又不通。蔡小毛虫又说，要不，上东北，东北人豪爽热情。我说，不行，东北太冷，你没看电视上，东北都冰天雪地，咱们又没钱买皮袄，非得冻死不可。蔡小毛虫说，你说往哪走呢？我说，往海南吧，海南天气好，还可以看到大海。蔡小毛虫说，好，上海南。

这时，丁大头凑过来说，我也想走。原来，丁大头给女同学写了一封情书，被他父亲发现了，他父亲很生气，捆了他两耳光。丁大头说，歌德都说了，哪个少男不善钟情，哪个少女不善怀春，他老丁凭什么遏制我的情感，我跟你们一起上海南创业去。

既然目标业已明确，就赶紧筹措经费吧。当时，我住在二叔家里。平时已经够麻烦二叔的了，现在怎么好意思跟二叔要钱？丁大头说，钱的事不用你们动心思，我能想办法。原来，他有几个哥们儿没考上高中，进了厂，手里有钱。果然，他从那几个哥们那儿借了二百来块钱。

一切准备就绪，就等星期天一到就挥师南下。我们打算先乘汽车到上海。蔡小毛虫的表哥在上海的一家农行上班，到他儿可以筹到一些钱。

然后，我们再从上海乘火车往广州，由广州乘船往海南。

星期六下午，我从学校回到二叔家，躲在房间里开始收拾东西。其实，也没什么好收拾的，几件换洗的衣服，剩下的都是书。那时，我已经买了不少书，都是一些中外名著，还有名人传记。我想，别的东西都可落下，书是万万不能落下，书是人类最宝贵的财富！当我将一本本书整整齐齐地塞入纸箱时，我的心里突然冒出些许伤感。这些书都是我的老朋友了，特别是那本《三国演义》，是我上小学四年级时捡了一个暑假的废品才买到的。初中三年，我几乎每天晚上都要读一段《三国演义》。此番南下，少不了受苦受难，我受苦受难也罢了，却要害得我这些老朋友跟我一起颠簸流浪。想着想着，不由得眼圈发红。

第二天，天还没亮，我就拎着两大箱书还有一小袋衣服上路了。当我气喘吁吁地到了汽车站，我看到蔡小毛虫正在那里焦急地张望。蔡小毛虫皱了皱眉，说，你怎么带这么多东西？我说，都是书。蔡小毛虫说，带书有什么用？我说，孔子周游列国，带了几大箱书呢。蔡小毛虫说，我们是逃跑，应该轻装前进。

去上海的汽车已经要开了，还没见丁大头的影子。蔡小毛虫拧紧眉头，说，真不该答应带他。我说，不等他了，走！我们坐上了汽车。

车开得很慢，下午三点多钟，才到上海。好不容易才找到他表哥家。蔡小毛虫谎称，我们到上海来，是参加明天《少年文艺》杂志社举办的一个中学生笔会。表哥信以为真，说，真看不出来，一对小作家呢。

当天晚上，表哥还带我们到一家饭店里庆贺了一下。我俩已经一天没吃饭，早饿得头昏眼花，面对丰盛的菜肴，我们没有一丝小作家的风度，风卷残云，狼吞虎咽，吃得肚子鼓鼓地，一个劲地打饱嗝。

晚上，蔡小毛虫对他表哥说，开会要交二百块钱费用，临走时匆忙，忘了带。他表哥慷慨地给了他二百块钱。

第二天一早，我们谎称要到杂志社报到，便告别了他表哥，直奔火车站。

我们买了票，火车九点才能开。蔡小毛虫买了两块面包和一瓶矿泉

水，我们坐在候车室狼吞虎咽吃了起来。

我们低着头一边很香甜地啃着面包，一边憧憬着不再遥远的海南生活。我们没有注意到蔡小毛虫的表哥带着我的班主任老秦和我的二叔、蔡小毛虫的父亲正向这边急急赶来。直到我们的眼前同时出现几双熟悉的皮鞋，才疑惑地抬起头来。我和蔡小毛虫在心里同时叫了一声：完了！手里的面包软软地落在地上……

问题出在丁大头的身上。那天早上，丁大头起床给他父母写了一封信。结果，他刚写了一半，便被他父亲发现了。经过一番审讯，软骨头的丁大头招了供。丁大头的父亲觉得事关重大，立刻带着丁大头到了汽车站。那时，去上海的汽车已经开走多时了。

丁大头的父亲找到我们的班主任老秦，老秦找来蔡小毛虫的父亲和我二叔。他们决定立即乘车去上海。他们到上海时，已是深夜。第二天早上，才找到蔡小毛虫的表哥家。他的表哥说，他们刚走，准是去了火车站。于是，他们到火车站，把我们逮个正着。

一九八六年的逃跑就这样破产了。多年以后，我念了大学。班上正好有一个海南的女生。我告诉她，一九八六年的秋天，我差一点就到了你们海南。那女生问，是到海南旅游吗？我说，不是旅游，是逃跑。

一九八七，初恋

一九八七年，我读高二。我的心里忽然起了微妙的变化。

我的变化首先被蔡小毛虫看出来了。蔡小毛虫真他妈的是只小毛虫，一个劲儿地往别人的心里钻。蔡小毛虫悄声对我说，你这阵有点不对劲呀，是不是爱上哪个小妞啦？

见我没言语，蔡小毛虫又说，是爱上胡小月了吧！

蔡小毛虫的感觉是灵敏的，我真的爱上胡小月了。爱上胡小月缘于前不久班级举办的国庆晚会，文娱委员胡小月以她优雅的舞姿和甜美的歌喉令我为之倾倒。

我来自农村，我对城里的女生一直持一种偏见，认为城里的女生娇气、做作、孤芳自赏。可是，胡小月以她的典雅大方和多才多艺，将我可笑的偏见无情地击溃。

蔡小毛虫说，喜欢胡小月的人多着呢，哪轮到你？

蔡小毛虫的话是对的，确实已经有好多双眼睛盯上胡小月了。其中有几位还颇具实力，是县里主要人物的公子。我一个乡下子弟，希望是何其渺茫呀。可我不甘心，我决定主动出击。那时，我已经熟读罗贯中先生的《三国演义》，我决定用一回计。

首先，我观察到胡小月喜欢电影，而且还订了全年的《大众电影》。我想，我应该想办法跟她接近，赢得她的好感，然后，跟她借《大众电影》看，营造出兴趣相投的氛围，然后约她看场电影，岂不大事就矣。

那天下了晚自习，我跟着胡小月走到车棚。胡小月将她的自行车拖了出来，我也拖出我的自行车。我正要踏上车，就听胡小月轻轻地叫了一声：糟了。我问，怎么啦？胡小月说，车链不知怎么掉了。我装作很男子汉气地说，不要紧，不就是掉链了吗？我帮你上一下吧。我俯下身去，摆弄了半天，弄得满手油污，才上好链子。我们没有骑车，而是推着车往回走。到了校门口，胡小月还跑到小店里买来两瓶矿泉水。

胡小月的家住在党校大院，她的父亲是党校教师。到党校门口的时候，我说，能借本《大众电影》给我看一看吗？

胡小月说，那你在这里等一下。

看着胡小月的背影拐进了院子，我的心里甭提多高兴啦。可能是水喝多

第二辑 构虚构实

了的缘故，我感到腹下有点鼓胀。我看到旁边有一颗白杨树，便走过去对着树尿起来。忽然，我发现树后有一个黑影。我一惊，拧起裤子，定睛观瞧，好像是蔡小毛虫。我正要说话，听见院内有脚步响，赶紧回到门口。

胡小月将书放到我的手里。我说，怎么这么厚呢？胡小月说，是合订本，你慢慢看，看完了，再找我拿新的。胡小月说完就回去了。我到白杨树后面一看，那个黑影已经不见了。

那时候，我住在我二叔家里，二叔在县检察院上班。晚上，我在二叔家里，将《大众电影》合订本翻了一遍又一遍。

几天后，我将书带到学校，放在抽屉里，准备下晚自习时找机会将书交给胡小月。可是下晚自习，我打开抽屉，发现那本书不见了。

我急得不得了，悄悄问胡小月，书是你拿去的吗？胡小月说，我怎么能到你抽屉里去拿书呢？我分明看到了胡小月的眼神里掠过一丝不快。胡小月最喜欢《大众电影》了，她把这本书借给我，是对我多大的信任啊。可是，我却把它弄丢了。更让我难以启齿的是，我在书里还夹了一封信，信上只有一句话：小月，星期六晚上，我请你看电影好吗？信里还夹着一张电影票。这要是落在谁的手里，送到班主任老秦那儿，后果不堪设想呀。

我担心的事终于发生了。那天早自习，老秦走到讲台上，严肃地说，我们班上有个别男生，思想存在严重问题，竟然约女同学看电影。我不点这个同学的名，我希望这个同学能悬崖勒马。

老秦说这番话的时候，我的脸一下子红到了耳根。好在我的肤色重，不仔细看看不出来。

后来，老秦让我搬到集体宿舍来住。老秦说，你的基础还是不错的，要好好学习，即便第一年考不上，复习一年，总还是能考上的，千万不要自毁前程。

两年后，也就是高考结束后，我们收拾东西准备回家时，突然，从蔡小毛虫的枕头下面掉下一本厚厚的书来，我一看，正是那本《大众电影》。

那一年，胡小月考上外省的一个戏剧学院。我和蔡小毛虫第二年才考上大学。后来，我们各忙自己的事，彼此断了音讯。

不久前，我们几个男同学聚会，有人问起胡小月。蔡小毛虫说，胡小月去年才结婚，丈夫是戏剧学院的老师。那老师是个有妇之夫，他答应离婚娶胡小月，他拖拖拉拉离了十年，胡小月就死心塌地等了十年。

蔡小毛虫说着，仰脸给自己灌了两大杯。

| 流　水 |

　　我到漂城上班，一开始的生活很有规律。早晨6点左右睁开眼，坐起来，把昨晚的凉开水兑点热水，不冷不热喝下去。然后，上趟卫生间。再回来，倚在床头，看会儿书。书看得不讲究，顺手划拉一本，没头没尾地看。

　　读了半个小时，或者短点，或者长点。起床，洗漱。出来，伸伸胳膊踢踢腿，沿街走，或者向南，或者往北。南面是市中心，越走人越多，北面是城乡结合部，人少，可以拐进一个公园。公园里很热闹，不仅有老头老太太，更多的是中年妇女，随着音乐，扭呀扭的。我不参加，但喜欢站在一旁看。有一个中年妇女看我老是站着不动，招手说，来呀，来呀。我笑着摆摆手。

　　转了半个小时，我又转回来，转到单位对面。单位对面，有一个小巷。巷子里，有两家豆浆店。巷口，支着一大一小两个炉子，打烧饼，炸油条。火炉子旺旺的，烧饼炕得黄黄的，咬在嘴里脆脆的。油条也嫩嫩的，酥酥的，不焦不糊。我喜欢走进去，喝一碗豆浆，就一碟咸菜豆腐，吃一套烧饼裹油条。

　　吃完早饭，撂下两块钱，到单位上班。我总是第一个来，还早。打扫打扫卫生，烧水。然后，坐在沙发上，想一想今天该做哪些事。水开了，灌水，泡一杯茶，边喝边想。喝了一杯茶，到点了。陆陆续续，都来上班了。大楼活了。

　　中午，到食堂吃饭。食堂的菜说不上好吃，也说不上难吃。盒饭，一荤两素，加两块钱，可以再搭一个荤的。一开始总是海带炒肉丝或萝卜烧肉或红烧鲫鱼。各人的口味不一样，有的人喜欢吃海带炒肉丝，有的人很反感。对于萝卜烧肉，大家的看法比较一致，就是萝卜比肉好吃。现在荤菜品种齐全了些，有土豆烧牛肉、红烧蛋饺、红烧肉圆、红烧鸡大腿。

吃过饭，或者回宿舍，或者直接到班上，躺在沙发上看看报纸。我喜欢看晚报。我这人没什么品位，不喜欢看时事版，也不看体育，也不看副刊，喜欢看些稀奇古怪的社会新闻，包括明星的花边新闻。我企图从这里找些创作素材、创作灵感。事实证明，没戏。

看完花边新闻，我开始看党政新闻，或者副刊。看看副刊又培养了哪些女作者，仅此而已。看着看着，我就睡着了，报纸盖着脸。我的睡态很不雅。

下午，上班，没什么好说的。

晚饭，如果有应酬，就去喝酒。没应酬，就到粥店喝碗粥。有时兴致来了，割五块钱猪头肉，要一碟花生米，拿瓶二两五的红星二锅头，自斟自酌。我觉得这非常有意思，比在高档饭店里大鱼大肉，好酒好菜有意思。

这时候，我总是能听到一个人呜呜咽咽吹长号的声音。我问，谁在吹号呀？有人答，是蛋糕房老板的丈人在吹。我问，他遇到什么不开心的事了吗？这人答，没听说过。

早饭是在巷口吃的。巷口有两家豆浆店，第一家是一对老头老太太开的，老头年长些，老太太看着年轻些。老头围着围裙，戴着眼镜，乐呵呵地站在门口，让你路过他门口不好意思进第二家。但有些人还是毫无顾忌地走进第二家。

第二家是个中年妇女开的，她高高瘦瘦的，夏天喜欢穿一件素花旗袍，利利落落。很多人愿意去第二家。

后来，解放路拓宽，第一家拆了，只剩下第二家。第二家门前是个院子，院子里放两张桌子，很多人愿意在院子里吃。

每天早上，我总是看到一个很邋遢的老年人。夏天，上身穿着一件蓝色的汗衫，下身套着灰色大裤头。这套装束一个夏天不带换的。面皮黑油油脏兮兮的。眼睛看着有些特别，向上翻。后来才知道是瞎子，怪不得

构虚构实

桌边上靠着个拐棍呢。他的吃相很难看，喝着豆浆，呼噜呼噜的。咬着烧饼，吧唧吧唧的。一翻嘴唇，满口黄牙，让人很不舒服。吃完了，还不走，在院门口坐半天。

每次来，我总是躲他远远的。甚至，我不想在这家吃早饭了。我怕他用过的碗筷再给我用上。

但老板娘对他很热情，给他端豆浆，拿烧饼，问长问短。

有一次，我悄声问，他是你亲戚？

她说，不是。

见我不吱声了。老板娘说，他年轻时可是个角儿呀。著名淮剧演员，红过不少年。我们一家，都喜欢听他唱戏。他是个孤儿，一辈子也没娶老婆，现在还是一个人，怪可怜的。

我问，现在不唱了？

老板娘说，不唱了，现在谁还听这个，都到歌厅去唱歌了。

我说，也是，旧的总归旧了，旧的不去，新的不来嘛。

这时，外面有人叫，老和尚，唱一段，唱一段。

那人头微微抬一下，没吱声，继续呼噜呼噜喝他的豆浆。

老板娘笑了，悄声说，年轻时可爱唱了，还是个风流鬼。

这是两年前的事了，现在这家豆浆店也拆了，我只能到另一个街口吃面，再也吃不到豆浆油条了。

那个著名淮剧演员不知到哪去吃早饭了。有两次，我看到他盘腿坐在路边。身后大幅的广告牌，隔开了建筑工地，上书：别墅有别，人在繁华里，家在河谷间。

到处都在拆迁。我们单位对面基本上都拆了，一片废墟。我们单位以后也可能要拆。不过，那不是一年两年的事。我们单位已经在城南新区盖大楼了。

对面拆迁的时候，每天晚上，我总是看到一个围着围裙的老人对着废墟吹长号。我想，那就是蛋糕房老板的丈人吧。

我到蛋糕房买过蛋糕，我问蛋糕店的老板，你老丈人为啥要吹长号呢？
老板是个很精练的年轻人，说，闲的没事，怀旧呗。

一匹马，三个人

老刘：我姓刘，文刀刘，大家都叫我老刘。我负责市中心广场的绿化工作，已经20多年了。每天，我5点钟就赶过来，装好水管，给广场上的草坪"洗脸"。其实，我是在为这个城市洗脸啊。因为，这广场正是这座城市的脸面。而广场中心的大铜马，不正是这个城市的眼睛吗？七点多钟，阳光沐浴在广场上，草木葱郁，绿意可人。我抬起头，注目大铜马。那是一匹怎样的马呀？高大威猛，昂首而立，太阳映照下，光环缭绕，仿佛一匹跃跃欲飞的神马。马上的新四军战士手握钢枪，气宇轩昂，时刻准备冲上战场。我的心情多么舒畅，如饮清泉，我的心情何等沉醉，如饮琼酿。我打开喷泉开关，一串串水柱冲天而起，中间的铜马更是豪气万丈。去年，建国六十周年，广场上更是焕然一新，仿佛过生日一般，花团锦簇，一片蒸蒸日上的崭新气象。广场四侧，车来车往，人声鼎沸。我看到，那个中年交警正在忙着指挥，疏通秩序。

大吴：我姓吴，口天吴，大家都叫我大吴。从三十岁起，我就在这座广场上值勤，至今已有十年。这个城市以此为界，北边是老城区，当年，新四军的旗帜就是插在北边的老城墙上。所以，以此为中心，南北为解放路，东西为建军路。解放路是这座城市的躯干，建军路则是城市的双臂，大铜马就是这座城市的咽喉。二十几年前，这个城市的人在此建大铜马，以为纪念。我没有见证建铜马时的光辉时刻。但这近十年间，我有幸在此，几乎天天在大铜马下，疏散人群，维持交通。每到高峰期过、人流渐稀的时刻，我总是面对铜马，深吸一口气。我为我身在这个城市而骄傲，为能天天接受铜马的洗礼而骄傲。在这个城市，每天从铜马前经过、接受铜马洗礼的何止成千上万人。你看，那个背着书包，骑着自行车上学的小姑娘，每天路过这里，总是认真出神地看一眼铜马。

小张：我姓张，弓长张，您就叫我小张吧。我在这个城市最好的中学读书。我在十年前就见到过这匹马。那时我还小，跟着爸爸从下面一个县到城里来玩。回去后爸爸问我对这个城市印象最深的是什么？我脱口而出，大铜马。爸爸笑了，说，那是这个城市的标志，是这个城市的精神。爸爸还给我讲了城市的光辉历史和铁军传奇。几年后，我的家搬到了这个城市，我也到这里上学，于是我几乎每天都能见到这个铜马。我记得第一次考试的时候，不太理想。那天，我在大铜马前驻足良久。我要学习铁军精神，争取进步。正是在这种精神的激励下，我的学习成绩才一步步上升。我发誓要考上大学，学好本领，来回报这座城市。这个广场，是这个城市的心脏，大铜马是这个城市的灵魂。有了心脏，这个城市才有了生命。有了灵魂，这个城市才充满活力，兴旺发达。

2010年3月20日晚上，老刘、大吴、小张，三个人不约而同来到了这个广场，来到了大铜马前。由于城市建设的需要，今天夜里，大铜马将要被搬迁。他们都舍不得大铜马的离去，在这里作最后的告别。下个月，老刘就要退休，回乡下老家。大吴也将到新的路段指挥交通。小张，那个年轻的中学生，再过几个月将参加高考，到外地求学。夜色下的老刘泪流满面，大吴神情肃穆，只有小张，微笑着说，大铜马的搬迁，应该是我们理念的一次更新、思想的一次升级，这说明我们的城市在变化、在发展啊。大吴也笑了，说，是啊，我们应该以饱满的热情，去迎接更美好的明天。老刘也不哭了，说，对，光荣依旧在，明天更美好！

老中青三代人，虽然几乎每天都在铜马下见到，却从未说过话。那天，他们谈了很多，还合影留念。并相约三个月后，大铜马新址前，再见！

且行且看

第三辑

| 山 西 吃 面 |

　　虽是南方人，却不喜米饭喜吃面，不喜细面喜宽面。小时候在家，最喜欢吃母亲做的手擀面。小木桌上洒了薄薄一层面粉，是为了擀出的面不沾桌面。母亲拿着长长的擀面杖擀啊擀，面球擀出锅大的一个圆，一层一层卷好，切成条状，撒开来，在簸箕里，长长的一串。记得自己也曾等在锅台旁，透着雾气，看面在锅里汤汤地翻滚，看母亲把面从锅里捞到碗里，从坛子里挖一块猪油在面中一搅，油花在面汤中漂起来，香气从面里溢出来。那是我童年最钟情的美味。吃了一碗还要一碗，吃得鼻尖上汗珠沁出，脑门上冒着热气。我还喜欢面疙瘩、面糊糊、面皮皮，喜欢摊出来薄薄的一层饼切成丝放上葱油炒着吃。吃了这些面呀，再吃城里的挂面，索然无味。

　　"世界面食在中国，中国面食在山西。"工作后，在城里安家，能品尝到的美味也多了起来，但情有独钟的，仍是面食，尤其是山西刀削面。如果今日无事，一人在家，晚饭不到别处打发，只往前街里巷，有一店面，门前立一幌：山西刀削面。点一碗牛肉面，辣子放得旺旺的，汤汁和得浓浓的。热气中，挑起一块面来，宽而长，状如小鱼，吹了吹，热气散去又拢来，鱼儿入口，不能囫囵而下，要细细嚼，越嚼越有味，香味绵绵，久久不绝。山西面食最大的特点是吃起来回味无穷，筋道，有嚼头。

别处的面是重汤轻面、以汤保面，山西的面是汤面俱佳，缺一不可。别处的面味只在入口的瞬间，没有回味，山西面嚼在齿上，味在齿尖，在舌间，在胃在心，是一个过程。用咱们盐城话来说，到嘴到肚，爽口爽心。

吃山西刀削面，就到山西去。好吃不过山西面，山西是面食之根，山西是面食之乡。不到山西，吃不到正宗的刀削面。对山西的向往就从面食开始。三年前，因一个报社的活动，受命到山西采访，所以有了尽情品尝山西面食的机缘。

到山西的第一个夜晚，在山西省分行的食堂里，我们就品尝到了丰盛的面食。山西省分行企业文化部的负责人热情洋溢，向我们介绍山西面食的文化，山西面食的起源，山西面食的品类，山西面食的特点，等等。我们入神地听，原来二指长的面条里有这么大学问，这么多讲究。我们耳朵听着他的话，眼睛盯着品种繁多的面。说完了吗？没说完。吃吗？吃吧，边吃边说。各个品种尝一尝，各种调料都蘸一蘸，我喜欢口味重，所以要多和酱，多放辣。油浸浸的，辣稠稠的，大口大口地吃，吃得满身是汗才过瘾。但我生性拘谨，不善言辞，一桌子人，更不敢放肆，只得小心地吃。小心地挑面，怕用力小了挑不起来掉到桌面上，怕用力大了，挑空了溅出汤来。挑到面小心地往嘴里放，小心地嚼，小心地咽，怕咽得急了，呛着喉管。还要有一句没一句地说话，有一杯没一杯地喝酒。

接下来每餐必面，一面多吃，多面多吃。主宾间也像面条一样在一牵一扯一拖一拉中熟悉了，吃起来就相对随意。山西地处北方，是塞外和中原的咽喉之所。性格呈两极，既有北方人的豪爽热情，也有中原的精致稳重。所以出关羽、尉迟恭这样的名将，出白居易、柳宗元这样的名士，小说有罗贯中纵横捭阖论三国，也有赵树理山药蛋派的民间物语。如面，山西人喜吃面，既可以看出他们的保守，也可以看出他们的专一。他们可以不厌其烦地把人们看来最普通的面想出各种花样做来吃，耐心到了极致。南方人更精致，也讲究吃，他们讲究的是吃的花样，什么都敢吃，专注于一样食品的一种上佳吃法，绝不会在一种食品上做出这么多花样来，花样

再多，吃上天去，不也是面嘛，能吃出山珍海味来？

山西人专注于一种食品的多样吃法，是对面文化的深度推崇，情感上的高度迷恋。山西人是重文化的，五千年的华夏文化看山西。山西人的本土观念非常重，无论离开家乡多远多久，只要看到面就想起家乡，在异乡吃面与家乡吃面感觉和味道是截然不同的，所以他们踏上家乡的土地，第一件事就是吃碗家乡的面，吃了家乡的面，才算真正回到了故乡。

我们在山西吃面，从中间的太原往南吃，再转一圈往北，一路吃到古时边塞要地大同，魏孝文帝曾在此定过都，后来迁都洛阳。一路上吃面品人，渐入佳境，到大同吃到高潮品到极致。几天的交往中，山西人的热情像一碗面汪在心中，他们大碗敬你酒，给你递名片，没带名片的把电话号码工工整整地写在纸上，一再说，有空来呃，一定要来呃，如果有亲友来，可以联系呃，我们这离草原近，我们可以私驾带你去看草原，当然，这是以后的事了，当下，您还是好好喝酒，好好吃面！常听人说山西人小气，抠门。其实这话只说对一半。山西人对自己小气，抠门，对客人却非常热情大方。山西人自己吃面，重在面，对汤不太讲究，浇点醋就能吃两碗面。而招待客人却讲究得很，弄出各种汤各种面来。他们极真诚地说，你可以记不住我，我比较简单，可是你不能忘记你吃过我的面，你在家是吃不到这面的，你只有在我这里才能吃到这样的面，那么，你记住面的同时，顺带记住我吧，面越吃越浓，情谊越交越厚，像这面一样常来常往。

我贪啊，这样好吃的面带也带不走，只有狠下心来吃。我们南方把米面当主食，吃到最后，喝到最后，说，上点什么主食呢？上碗面吧，长来长往。山西人却在开始就上面，面不在碗中，在盘里，煎炒烹炸，把面做成一道菜。一桌酒席，从头到尾，我都在吃面，吃面。我的南方人的娇乖的细嗓子，哪里服得了这暴暴的宽宽的北方面。我的嗓子发干，发炎，到大同的时候，已经控制不住，一声一声地咳嗽起来。同行的是位美女，说，你面吃得太多了哎，面干呀，有火呀，你是被面里的火气冲的。在大同的两天里，我一边吃药，一边吃面。最后一天晚上，终于有所控制。忽然想到，在山西的一周里，虽然天天吃面，吃了各种面，还是差点什么？这样一个夜晚，悄悄出来，不奔别处，而是奔夜市中一处不起眼的排档面馆。主人是一男一女小夫妻，二十出头的年纪。男的身材高挑，面相十分英俊帅气，而女的则有点乡土，个头不算高，微胖，面皮红扑扑地健康，但鼻梁上的眼镜又让她平添几分不凡的气质。我看到那个俊朗的青年，长相如电影明星，只见他摆好姿势，身子微往后倾，面盘托于左手，飞刀捏在右手，像个拉小提琴的艺术家。手起处，飞刀落下，面条如流星落入沸腾的锅内。真个是："一叶落锅一叶飘，一叶离面又出刀，银鱼落水翻白浪，柳叶乘风下树梢。"怎一个潇洒了得！

我知道，吃面在吃，还在看表演。把面表演成绝活，是在太原的一家会馆。刀削面、拉面、剪面各类师傅同台竞技。刀削面师傅刀起刀落，面片如雨。拉面师傅把一团面在台上摔打牵扯，越扯越长，扯出千丝万缕。剪面师傅把面缠腰间，如转着呼啦圈，剪刀挥舞间，腰间滚银鱼。表演精彩纷呈，令人大开眼界，掌声一时雷动。

可是，我却为这个排档里的英俊青年无人喝彩的表演感动。那个有点乡村气息的女子，在桌间行走穿梭，端碗，浇汤，加料，收款，找钱，配合得甚为默契。在等待面出锅的时候，她会站在一旁笑眯眯地看。锅里散发出来的雾气，漫上了她的眼镜，她只得拿下来，在围裙上擦拭。男子在捞面的间隙，会回过头来报以一笑。他们神情中的幸福与快乐，交会于氤氲的雾气中，显现出心灵的朴素与情感的温馨真实。

面端上来了，我浇了调料，放旺了辣子，甩开膀子旁若无人地吃了起来，吃的声音很响，吸着鼻子，抹着汗，吧唧吧唧嚼，嚼得大汗淋漓，每一根汗毛都往外呼呼出气，浑身舒坦。三块钱的面，我吃得很吝啬，吃得很干净，连一点汤汁都不剩。

那是我在山西吃的最后一碗面，吃完了面，我继续大声咳嗽，一路咳到北京，再从北京咳到盐城。在盐城咳了一晚上，第二天就好了。

在山西吃面，记住了面，记住了人，记住了会馆里的精彩表演，记住

了像面一样热气腾腾的新朋友。也记住了那个小面馆，记住了小面馆里那一对并不般配的青年男女，记住他们透过雾气的相视一笑，幸福荡漾在心头，久久不散。

| 琵 琶 湖 记 |

我老家在六套小村，六套往东是七套，两地相距十余里。七套有梅湾，十几年前就已知晓。梅湾有湖，名琵琶，却是新听说。

清明假日回乡，响水宣传部裴部长带着我们几人前往一观，一路上好奇，不知是怎么一个湖。裴部长说，响水籍旅美画家孟昌明回乡，特地看过此湖，并摄影贴在博客上，观者甚众。部长朗声说，我们的湖都走向世界了。我们都被吊起了胃口，想象着湖的美景，有些醉。待到见了，不由得有些失望，就是个很大的塘嘛。乡里陪同的书记笑了，说，你说对了，老人们都叫它"梅湾大塘"。

既来之，则赏之。极目四望。塘北边卧着几十户草瓦房人家，人声不断，南面卧着废黄河，机器隆隆地过着大船。只是这里无比澄静，两岸杂七杂八生着芦苇，河面碧波荡漾，漂着几粒野鸭，河水澄澈，看得到下面茂盛的杂草，倒也是一派清和景象。

乡书记找来村书记，村书记是个女的，朴朴实实，红着脸说，我是外乡嫁过来的，也说不出什么来。说话间，摩托车一响，下来两个老人，指着湖面，侃侃而谈。

大塘东西两千多米长，南北宽窄三五百米不等，总面积近两千亩，约有十米多深，本来塘并不宽大，经年漩涡冲刷两岸，不断扩张。一老人说，我家在这塘边倒了两次房子，都在这塘里了。如果塘里有河龙王，龙宫该有他家一片土。

塘水长年不干，温度随四时变化相宜。有一年，动用十二台打水机，打了三天三夜，没打干，也未打出一条鱼来。河里确有大鱼，重者上百斤。夏季，四乡八村的人都愿意到这里游泳，潜在水中，能与大鱼擦肩而过，肌肤相亲。塘里还有老鳖，经常浮在水里上，黑乎乎一片，让人想起《西游记》里的驮唐僧师徒过通天河的老鼋精。未用上自来水前，两岸居民都饮用大塘之水，很少生病，八九十岁的长寿者甚众。

给我们做介绍的两个老者也都七十出头，口齿利落，神清体健。话都抢着说，语言也极生动丰富。我们都听得入神，眼望着湖面，若有所思。半晌，我做梦般地说了一句，水不在深，有龙则灵啊。

有龙！一老汉截住我未落的话头。我们一惊，扭过头来听。老汉说，两三年前，下傍晚，村里有两人推车过塘堤，一个在前走，一个在后面推，车下猛地一颠，阻住不动，推者说，你拿什么东西挡住我，快拿开。前面那人回身一看，路上不知何时多了一条粗棒子。过来要捡，一摸，乖乖，冰扎扎凉，原是一条大蟒蛇啊。二人吓得车也不要，抹头就跑。待第二天天亮，才约了几个人过来把车推回去。

蛇是小龙，何况是巨蟒。我们都有点动容，再往河面看去，泛动着灵异气息。真希望能陡地出现蛇影或鼋形，开一回眼界。

本来站在西岸，沿着塘往南再往东走，边走边听边讲。讲到细微处，都站一站。看大塘，长形，西阔东窄，真如一只巨形琵琶。河风习习，水波荡漾，仿佛万千条琴弦，奏着心底无声的音乐，真是好境界。正在这时，我旁边的副书记用胳膊拐了我一下，指向面前塘浅湾处让我看。只看到水面下生生的长长的一道黑影，我呆了，想起了老汉说的蟒蛇，真是灵异。忙转身指与别人看，却看不到了，水面平静，水下也浅草色一片，仿佛一切都是幻觉。

听老人说，这是块风水宝地，梅湾在外做官做老板做学问有名头的，很多。人因为风水而兴盛，风水因人而灵异。在此间住过、或饮用过塘水、或专程来看过的人，都是有缘人，或政、或文，都应该受到浸润，福寿共之，人杰地灵，绵延不绝。

乡村宴会与音乐

我有个擅吹竹笛的朋友，姓杨，去年过年的时候，约我到他乡下老家去吃饭，顺便见识一下他的乡村乐队。

打个的就出发了。同行的还有他舅舅，一位老中医，一直在乡下行医，退休了，被返聘到县医院。舅舅说，我读过你的作品，很喜欢。一路上他就谈我的作品，兴致很高。那"的哥"开着车，一言不发。直到我们都下车了，他才说，我得打开窗户吹吹，车里一股酸气。舅舅回身问我，他说什么？我说，他说他也喜欢文学。舅舅说，哦，怎不早说？话音刚落，的哥一踩油门，绝尘而去。舅舅冷笑，这等粗人，还喜欢文学，呸！

远远的，朋友的父亲就迎出来了。他认识我，很雅地叫我邓先生。到了院场，院中有一老者抱着茶杯，满面笑容。舅舅抢步上前，抓住他的手，说，大兄弟，你还在呀？老者说，你个老东西，不也活生生的吗！两人大笑。朋友说，我大姨父，从中国科学院退休了，现居淮安，过年了，回来玩几天。舅舅说，这叫落叶归根，故土难离呀。大姨父点头微笑。大家推推搡搡进屋，坐在长条板凳上。

闲扯几句，就开饭了。大家彼此谦让着，按乡村礼仪坐定：上首是大姨父和舅舅，对面是大姨和杨大爷，我们几个晚辈在下首陪着。杨大爷一再说，邓先生应该坐桌面的，委屈邓先生了。我说，大爷您太客气了，这样坐着挺好。

三杯门面酒喝罢，各自看准机会，按礼数轮番敬酒。大姨父和舅舅辈分高，自然被敬的频率最高。他们将一些往事扯开来，气氛一下子热闹起来，杯起杯落，笑语不断。

这当儿，屋外来了两个人，一瘦，一胖。瘦的提着二胡，胖的抱着琵琶。杨大爷招呼：吃啦？两人答：吃啦！杨大爷又说：再弄两杯？两人摆手，抽条凳子坐下：操家伙吧。杨大爷起身取出了一把三弦，起了调门，瘦子轻展臂膊，胖子慢摇手腕，美妙的乐曲像水一样流淌出来，弥漫开去。

朋友告诉我，这就是他的乡村乐队。每年春节回来，他都要带他们玩一玩。平时，他们都忙，也没心情。

朋友说一声"得罪"，起身取出自带的竹笛，横在嘴边。一曲《扬鞭策马催粮忙》就把大家带到广阔的大草原。二胡、琵琶、三弦也转了调，虽然音扣得不太准，但那种情绪，却挥洒得淋漓尽致。

那边吹拉弹唱，这边酒也闹到高潮。大姨父和舅舅是儿时伙伴，老朋友了，说话也就不讲究，逮话把子劝酒，还互相揭起了短。

大姨父说，你记得吗？那年二弟结婚，我们都喝多了。在洞房里，你让二弟媳妇左一支烟，右一支烟地点。闹累了出来，你要拖自行车回家，你捅了半天车锁都没开，我过去一看，原来你拿烟头当钥匙，那玩意儿软沓沓地能捅开车锁吗？哈哈哈。

舅舅说，这也比你好呀，那天我走了，你却倚着门睡着了。二弟媳妇在里面听到外面有响动，对二弟说，外面什么动静？二弟说，是猪圈里猪在哼哼呢。天要亮了，二弟媳妇要上厕所，拉开门，你一头仰进来，吓得二弟媳妇当时就尿了。哈哈哈！

不说不笑不热闹，说说笑笑酒就偏高啦！大姨父将满满一杯干了，亮着杯底，看着舅舅。舅舅有点怯了，说，咱们欣赏欣赏音乐再喝如何？大

姨父不让，偏要舅舅先喝了酒再听音乐。舅舅犹豫，任大姨父怎么劝、怎么激，终不敢端杯。大姨父恼了，抢过舅舅的杯子一口吞了一半。舅舅无奈，只好又斟满，一口喝下去，紧叨了两口菜，压住了酒，对我们说，你们要陪足大姨父的酒，我为大家唱一段小淮剧，以助酒兴！

不待大姨父同意，舅舅已离席，站在当中。杨大爷又起了调门，胡琴合奏中，舅舅唱起一段淮剧《河塘搬兵》——《杨家将》的戏。

一曲唱毕，大家同时喝彩。舅舅拱手，说，献丑献丑！却再不入席，而是抢过杨大爷的三弦，自顾自地弹奏起来。

杨大爷又入席，陪大姨父喝酒。

那边，我朋友的女儿也表演节目，她学的是钢琴，已过8级，可惜爷爷家没有钢琴，就抢过他爸爸的竹笛，吹奏起来。虽然显得稚嫩，但也有板有眼，婉转悠扬，引得桌上桌下喝彩声不断。

节目一个一个地演，酒也一杯一杯地喝，主客不离座，谁也不能先走，从上午11点，一直喝到下午4点。大姨父终于站起身来，很"领导"地讲了几句感谢的话，然后，进里屋休息了。这边酒席散了，那边乐曲又延续了半个小时才停。

乐手们收拾家伙，回家了。我们也醉里歪斜，告辞回城。

第二天，文联开联欢会，我和朋友都参加了。席间，曲协、音协的朋友们纷纷登台献艺，好不热闹。我对朋友说：如果把你的乡村乐队请过来，表演一场多好啊。朋友摇头：他们不会来的。又说，来了，也没人愿听。

| 沂 南 行 记 |

　　一群互不认识的人去沂南游玩，约好早上六点钟集中，拖到七点钟才出发。坐车的痛苦无以言说，屁股都木了好几次。带了个水杯防止口渴，不料水杯盖没旋紧，慢慢地都漏在身上，裤子洇湿了大片，也不好意思声张。因为都不认识，怕被人笑话。在一次又一次的期盼中，车子一次又一次的拐拐弯弯，一直到下午近两点方到沂南，坐进了饭店。在车上，组织者就说，山东的饭菜实惠，主打是凉拌菜，凉拌白菜、凉拌黄瓜、凉拌萝卜，还有凉拌韭菜，加上煎饼大馒头管够啊。饿得前胸贴后背，也管不了那么多，煎饼卷着凉拌菜在嘴里硬嚼，嚼得牙根又板又木，再喝点杂粮糊糊缓一缓。其实我是喜欢吃煎饼的。因为我喜欢吃面食，不喜吃米饭，面食中又喜欢吃硬的有咬嚼的东西。老是看电影电视里山东人吃煎饼卷大葱蘸大酱，吃得特别带劲，看得自己牙根也痒痒。有一年，山东的一个朋友来玩，啥也没带，带了一袋子煎饼，说是你嫂子冒着酷暑顶着花头巾，一块一块在草锅上做出来的。可惜，煎饼在山东好好的，带到我们这里的时候，已经有了霉味，就不能再吃了，只好扔掉。

　　风卷残云填饱了肚子，就开始干正事了。下午滑雪。长这么大，第一次滑雪。以前只在电影电视上看过滑雪的场景，特别是《林海雪原》里，战士们在山中行军，在冰天雪地里箭一般地滑行，十分英武潇洒。我把自己武装起来，战战兢兢进了雪场，像裹脚的小脚女人一样一步一步往前移动。一位同行者对旁边的老婆和儿子说，要注意啊，别跌着。话音未落，扑地跌了一跤，惹得老婆孩子哈哈大笑。同行者从容爬起，说，我是给你们做了一个示范。

　　抬眼望去，雪场上一片白，阳光映照，晃人的眼睛。好不容易移到雪场中间，但只见坡上不断有人箭一样地滑下来，心里紧张，不怕自己跌倒，生怕别人撞着自己。身前身后，也有人移来移去，多是生手，不断有人跌倒，随后便是一阵哄笑。特别是一个胖子，好像故意跌倒似的，好好的就跌下来，还没跌下来时就笑，待跌倒了更是大笑不止。我只在旁边观看，在平坦处移步，不敢到坡上滑。转眼看那位同行者已经跌了好几跤，跌倒了爬起来，再滑再跌，如是反复。他对我说，滑雪不要怕跌，跌跌有乐趣。我怕跌高了血压，本不想再滑，但看他们跌得那么高兴，不由心痒起来，挂着雪杖，踩着雪橇，缓缓地向坡上移，移了半天，没移几步，反而又滑回原点。遂脱开雪橇，提着往上去，走了不远，往下看，有些小坡了，又蹬上雪橇，挂着雪杖想缓缓地往下滑。这时已经不由自主了，越想控制越是滑得厉害，身体也失去平衡，大叫一声，重重地扑倒在雪地中。由于是张着嘴扑下来的，呛了满口的雪，十分狼狈。旁边的人哈哈大笑，我也边吐雪边笑。跌了几个跟头，没了力气，遂坐在旁边看，看谁跌倒了，也开心地大笑。再看那个同行者，已经从小坡上顺利地往下滑，能稳稳地停住，不再跌了。

　　晚上泡温泉，算是享受了一回，把腰酸背痛泡得干干净净，回宾馆休息。

　　第二天上午，看了一处溶洞，又漂流了一回，小小的惊险与刺激。中午到了沂南红嫂影视基地。进了基地的城门，看到了半山腰上的小村，高高低低，起起伏伏。路口的碑上刻着红字：抗战时期山东的中心是沂蒙，沂蒙的中心是沂南，沂南的中心是常山，落款是高克亭。高克亭是谁？我们都不知道，大概是曾经在这里战斗过的英雄，或老干部。这时，人群有点散了，我们几个决定不跟导游，自己转悠转悠。遂穿过村道，往山上走。到了山道上，有岔路口，正不知往哪条走时，路边有人说，沿此路而上，那边正在拍电影呢。我们来了精神，就往山上去，拐过了两道弯，果然看到一处高大的城楼，城楼前烟雾缭绕，一群人在烟雾中劳作。到近前，才知道正在拍一部抗战片。国军在守城，在战壕里射击，随着导演一声令下，轰的一声响，烈焰腾空，许多泥块飞打过来，这一场就算结束。紧接着再拍鬼子攻城，过来一队鬼子，而刚才的国军迅速换上日军的服装变成了鬼子混在其中，列在壕沟的对面，装甲车在前面，鬼子在后面，听着导演的口令，有节奏地前进后退，举枪射击，十分好玩。我们绕到坡道上，看到一个美女坐在大椅上。这美女，从头到脚裹在黑色滑雪服里，只露出一张脸。脸很精致，皮肤雪白雪白的，有几分姿色。有人觉得她应该是女主角，就过来跟她合影，那美女笑眯眯的，十分和气，合了两三个，突然就伏在桌子下面。就在我们莫名其妙时，轰的一声响，炸药爆了，我们身上都中了几块泥。那美女从桌底下起来，依然坐在椅子上。我们就觉得这美女不可能是女主角，最多是个小丫鬟啥的。问一个工作人员，他们说女一号是拍过《燕子李三》的女演员，有些名气，名字我记不得了，今天没来。而在一个貌似导演的人旁边，有一个男子拿着宣传册，宣传册上有一些名演员，那男子指着那些名演员的照片说，我跟这里不少人都拍过戏，有一回还跟宋春丽对上话，有两句台词。我想，那男子大概是当地的群众演员，想推销自己，拍戏挣两个钱。

也看过不少电影电视，但真没看过实地拍电影电视的。今天看着了，觉得有些搞笑，也体会拍电影电视的不易了。尤其是战争片、灾难片、那些宏大的场面，想拍出气势来，还真不容易。

天色不早了，我们沿原路返回，穿过村子，到了基地的门口。大家都到齐了，上车，返回。路上，有人谈论着拍电影的事，就近的相互留下号码，说回去后要多联系，其实一般都不容易联系了，除非有特殊事情的。玩了一天，大部分人累了，闲聊几句后，便昏昏欲睡。我也在座上闭目养神。

| 朗读，在早晨或夜晚 |

　　我喜欢读书，虽然工作很忙，但无特殊情况，每天最少要坚持阅读一个小时。我阅读的时间大都是早晨或夜晚，中午也可少量阅读。但中午的阅读一般在网上，走马观花地浏览一下知名论坛或名家博客上的文章。我不排斥网络，网络可以更快捷更广泛地接受最新的信息观点，遇到合意的文章，可以打印下来细读。遇到非常合意的书，则一定要想办法买来，捧卷而读。精品阅读，一定要捧卷而读的，在精力充沛的早晨或静谧无声的夜晚。

　　早上，女儿上学去了，我一个人安安静静，如果不想写东西，就读点东西吧。这样安静的时刻，我喜欢捧一本文学类书籍，小说或者散文，朗声而读。

　　读文学类的书，一定要读出声来的。不知不觉，进入了书中物我两忘的世界。

　　我喜欢朗读。朗读让我怀念儿时的听书岁月，那是一段单纯的岁月。幼时家贫，无书可读，喜欢听村里的说书先生讲古，或者坐在树下的石头上，听村头电线杆上的大喇叭哇哇地讲故事。富有节奏的声音，精彩曲折的故事，回荡在我的耳畔，滋润着我的心灵，陪伴我度过丰富多彩的童年岁月。稍稍长大，成天抱着收音机，收听小说连播，听到了更多的好书，《平凡的世界》《穆斯林的葬礼》《牛虻》等等，张家声、李野墨等演播大家的金石之声，令人陶醉。这些也让我真正知道了外面的世界精彩纷呈，艺术的感染力强大无比。那时听书何其认真！长大了，有条件拥有了更多的书，甚至屋里摆了成面墙的书，却无论如何也达不到童年的状态了。虽然每天都要抽时间读书，但还是有很多书，买回来就没翻过，还有一些书读了一半就放在架上，不再去追究下文了。

　　是现在的书不精彩吗？不是，是自己的心境变了。不由想起孙犁晚年《曲终集》里的一句话：读书必须在寒窗前，坐冷板凳。是的，如果不借助朗读的方式，我是很难进入状态的。是朗读的方式把我带到少年时"在寒窗前、坐冷板凳"的岁月，使我能在短暂的时间里认真品味艺术。朗读让我的心地澄净，让我的阅读进入一种忘我的境界。唯有朗读，文字才鲜活起来，像山间的小溪汩汩流淌。唯有朗读，文字才温暖起来，如冬日的暖阳在泥土的墙上跳跃。我的声音，在书中不同的角色间自由行走，仿佛在演一场轰轰烈烈的话剧。我最近在重读刚刚获得茅盾文学奖的《一句顶一万句》，这是河南作家刘震云迄今为止最好的一部书。我喜欢读这样如明清日记般叙事清澈的作品。曾经有一段时间，每天睡觉前，我都坐在床上朗读这部作品。阅读着一个个市井人物，如卖豆腐的、剃头的、杀猪的、贩驴的等等各不相同的思维方式，品读着小说主人公从杨百顺到杨摩西再到吴摩西再到罗怀礼却找不到一个说知心话的人的过程。我读到了一种绕来绕去辛酸无奈的幽默，我读到了一种万念俱灰无话可说的孤独。

　　我还喜欢读点科学、哲学、财经等理论书籍，读这些书可以拓宽视野，丰富知识，引人思考，启迪心灵。我最近在读两本书，一本是《三种文化——21世纪的自然科学、社会科学和人文学科》。这本书的作者是美姝帮艮繁臂×吒氖〃门娆傔倥含欺僖俞紫栋哜摸刹瞵祺跽溆祺俦喊接偏写及三种文化中的每一种文化的假定，并总结了各门社会科学和人文学科对我们理解人类本质所作出的贡献，读来让人受益匪浅。还有一本是《野果》，这是《瓦尔登湖》的作者梭罗的最后力作。书中呈现了各类野果的自然之态，让你经历了一次野外旅行，科学与文学相结合，趣味盎然。这部书非心静者不可读。我们成天行走于喧闹的人群，正需要阅读此类书来陶冶情操，如盛宴之后的一盘水果或一杯清茶。读此类书籍，往往是在晚上。夜深人静，不可大声朗读，只可小声吟读，小到只有自己听见，但从

我心头流淌出来的声音却十分清晰，金石铮铮。

这样的感觉妙不可言！

陪女儿读书

陪女儿读书，是件无比快乐的事，比自己读书还要快乐。

屈指算来，我调到市里已历五年。五年来，妻子还在那个偏远的小县城辛苦上班。倒是女儿，转到市里读书也近三年了。这三年，我颠倒了以前的生活习惯，每天晚上尽量推掉不必要的应酬，回家，给女儿做饭，陪女儿读书。

开始的时候，女儿对市中这个新的学习环境非常不习惯，甚至排斥。有几个早上，竟然耍脾气赖着不肯上学。作为慈父，我冷静地跟她斗智斗勇，虚虚地答应她星期天一定回县城去，让她见见县中的一些老同学，并保证作业之外，不再另出题目给她做，她才背着书包噘着嘴慢腾腾地出了门。我几乎可以看到，她是踩着上课铃声，在老师和同学们的注视下进了教室的。晚上，她做完作业，既不休息也不看书，而是跟县中的同学煲电话粥。那时候，我相当恼火，但好歹咱也算读书人，明白要晓之以理动之以情的道理，绝不能粗暴制止，那样更会激起她的逆反心理，只好继续跟她斗智斗勇，赞扬她讲义气，重友情，不忘母校，不忘同学，品德高尚。话锋一转，又向她讲述人往高处走的道理，灌输"市中是全市最好的中学"的意识。我说，闺女呀，你好幸运啊，县中有那么多情深意笃的同学想念你，市中又有这么优秀的朋友欢迎你，你一定要珍惜这两份友情呀。

到了周末，我还带她一起到市中的校园里散步，讲述市中曾经出过哪些精英人物。我跟她说，你不是喜欢读曹文轩伯伯的书吗？曹文轩就是从这里走向北京大学的。我还带她去影城看3D电影，带她去市区的公园，郊区的大纵湖，甚至带她参观新四军纪念馆，让她学习新四军战士奋力拼搏的精神和适应环境的能力。渐渐地，女儿不再念叨回家了，跟县中同学的通话频率也降低了，跟市中的老师同学更亲近了，早上也不再耍赖，而是快快乐乐地上学了。用她的话说，老爸，我喜欢上这座红色的城市啦，你赶我回去我也不回去啦！

陪女儿读书，是我一天中最快乐的事。哪怕我不读书，也要陪女儿读书。

每天晚上回到家，晚饭后，女儿总是摊开一大堆作业本和厚厚一沓试卷，一张一张地消灭。我呢，也摊开一本书，在旁边认真地看起来。以前，朋友们知道我一个人在市区，经常喊我出去小聚，虽然增进了友情，也浪费了不少时间。现在，静下心来读一些一直想读的书，还真不是容易的事，往往会走神，想换一本书，又不敢动，怕打断女儿的思路。所以，等女儿作业做完了，我的书还没翻过一页。看着女儿头也不抬闷声不响地写作业，我的心隐隐地疼痛起来。作业太多了，每天晚上都要做到近十点钟，甚至十一点。有时候，真想把女儿的作业本拿过来，帮她一起做，可这是不现实的，因为，那些题目，我基本上都不会做。有一回，女儿问我一道阅读理解题，我一看原来是我的小说《同学》，后面那些稀奇古怪的题目，我居然疑疑惑惑，没一点把握。因为我当初写这篇小说的时候，根本没那么多想法。当然，我被女儿大大地奚落一番，还当作笑话讲给同学听。她对我这个作家的名号产生了怀疑，但她还是喜欢听我读书的。每天晚上，做完作业，她总是要求我给她读一篇文章。我吹嘘说，这篇文章的作者我认识，我们在一个桌上喝过酒。有一次，她指着一篇课文说，你跟这篇文章的作者喝过酒吗？我不假思索地说，当然。低头一看，那篇课文是《鲁提辖拳打镇关西》。

　　女儿天生跟她妈妈亲。从小到大，我经常在外奔波，她跟她妈妈在一起的时间比较多，所以，对她妈妈特别依赖。这两年来，跟我朝夕相处，感情也一天天地加深。她的一句口头禅：咦，以前怎没发现老爸这么可爱，这么幽默呢？在小学，女儿的作文里常常出现她妈妈的身影，现在也偶尔写到慈父我了。最近一次《我改变老爸》的作文里，她写道：在我的印象中，爸爸是刻板的人，一回家总是看书写作，从不洗衣做饭，一副不食人间烟火的模样，现在却能每天变着花样给我做饭，而且味道还不错，厨艺也一天天有长进，特别是蛋炒饭，佐料一天比一天齐全，营养更加丰富。糖醋排骨也很有特色，一改以前不是忘糖就是忘醋的毛病。爸爸是个作家，晚上习惯于跟他那帮文友们出去喝茶聊天，现在却按时回家。以前总是晚睡晚起，现在，不管晚上睡得多迟，早上不到6点就起床，丁丁当当地为我做早饭。我吃饭时，他也不闲着，会拿一篇美文朗读给我听。他朗读得非常投入，我饭也吃得分外香甜。我撂下饭碗上学去了，他就在家里写文章。我的早读课结束了，他的一篇短文也应该结束了吧。我站在窗口，校门口有一条路，被围墙挡住了。但我能看到爸爸匆匆地行走在那条小路上。新的一天开始了，我愿意爸爸今天晚上回来陪我读书，我也愿意妈妈今天晚上也来陪我读书啊。

　　我的眼眶湿润了。

女儿的同学

女儿初中下学期开始，来盐城中学读书。她性格不活泛，适应能力差，也就没几个新朋友。到家里常跟我说起的，只有周围的两三个同学，其中有个叫田林陇，出镜率比较高，经常挂在她的嘴边。那意思，田林陇是她班上最好的朋友。女儿经常说田林陇，我还以为叫田玲珑。女儿说不是，叫田林陇。为什么叫这个名字呢？因为五行缺木缺土，所以请高人改了这个名字，陇通垄，本来她叫田静。

田林陇原本比女儿高一届，因为生病休学了一年，现在插班到女儿的班级，她们是同桌。谈到田林陇的病，女儿甚为忧虑，说她因为吃了不少激素药，变得胖乎乎的，很可爱。说她不能劳累，不需要上体育课，即便是上体育课也是在操场上来回走步，做一些轻微的体育项目。说她有一个星期没来上课，不知是不是旧病复发了，后来来上课了，才知道只是感冒在家休息。有时候，说起田林陇，女儿会禁不住流下泪来，说，为什么生病的是田林陇呢？那么好的一个人，没有半点歪心眼。

有一回，女儿回来，很气愤地说，班上有一个女生跟她抢田林陇。本来，上体育课，是她和田林陇一起走的，可是那女生却硬推着田林陇往外走，她等着田林陇甩开那个女生，喊她，跟她一起走。可是田林陇没有，只是回头跟她笑了一下，喊了女儿的名字，就与那个女生一起往操场去了。女儿说，怎么能这样呢？她明明知道我每次都跟田林陇一起走的，她为什么要抢田林陇呢？田林陇其实是很讨厌她的，跟我说过好几次，说不喜欢她，太势利。她没有责怪田林陇，只是不停地责怪那个势利的女生。并且，女儿说，下次再上体育课一定要注意，提前跟田林陇走，不能让她

抢了先。

我劝告女儿，眼光要放开阔些，交往要广泛些，不能只固定在一两个朋友身上，那样会受到伤害的。女儿说，不会的，我们关系很好，任何人都颠覆不了。

我曾经到女儿的教室送书，看到女儿跟一个胖乎乎的戴眼镜的女生谈笑风生。我后来问女儿，那是不是田林陇，她说是的。还有一次参加一个集体活动，看到女儿仍然跟田林陇在一起。她们嬉笑着，牵着手，很要好的样子。晚上在家做作业，遇到不清楚的题目，她会打电话问同学，问的肯定是田林陇。当然，田林陇也会把电话打过来，那女孩的声音脆脆的，有几分稚气。周末了，我安排女儿别的事，但女儿说，不行，我约好跟田林陇看电影了。那意思，如果跟别人看电影，可以毁约，跟田林陇是不会毁约的。她跟田林陇的友谊是她最珍惜的东西，我这个爸爸都没有田林陇重要。

可是，初中毕业，女儿再也联系不上田林陇了。她打田林陇的电话，起先是关机，后来是停机。她给田林陇的QQ上留言，没有回复。有时明明看到田林陇的QQ头像闪了一下，赶紧喊她，可是没有得到回应。女儿向别的同学打听田林陇，得到的回答是不知道。田林陇没有跟她们班的任何一个同学联系。女儿很着急，她不明白田林陇为何会突然失踪，到底在哪个学校就读，这么绝情绝义，一个信都不给。

她为什么要躲着我呢？躲别人可以，怎么能躲着我呢？我们是最好的朋友啊。女儿不明白。

后来有一天，女儿欣喜地告诉我，田林陇有消息了，在一中强化班，她的一个同学，跟田林陇班上的一个同学曾经是同学，无意中说出来的。

我以为女儿会去一中找田林陇，但女儿没有。我问她知道田林陇在什么学校读书了，为什么不去找一下呢？她摇摇头说，不去找，我想明白了，她既然躲我，就有躲我的原因，她躲着我，就是不想见我，如果我突兀地去找她，她见到我会很尴尬的，不如留下一些美好的回忆。

我忽然觉得女儿成熟了。

后来，女儿再也没跟我提过田林陇。

酒　桌　上

　　我现在假模假样的，也混成一个作家了。晚上一般不用回家，直接上饭店上酒桌。酒桌上，朋友总是介绍，小说家，中国作协会员，出过好几本书了，表面上不说话，心里可会琢磨事儿，咱们今天喝酒聊天，到他笔下，可就是一篇小说啊。听说是作家，人家的反应大部分还是强烈的，噢，作家啊，了不起啊，幸会幸会啊，讨教讨教啊。还有一些人会礼貌性地点点头，扯一些跟作家有关的话题，诸如哪里能找到您的书看啊？一年稿费挣不少吧？也有一些人，意味深长地看我一眼，意味深长地浅浅地笑一下，意味深长地一句话也不说。这样的人是少数的，正如作家也是少数的一样。其实我不讨厌这样的人，最起码人家不作假，心情自然流露，我对作家不感兴趣，我干嘛对你吹天嘘地的，再说了，人家只介绍你是作家，想必在单位也是个小人物，要不人家肯定会介绍，这是某长某总某主任了。一个人是否成功，是否有地位，是否赢得别人的尊重，主要看你官有多大，钱挣多少，有没有利用的价值，而不是写多少小说。

　　这是个很现实的世界。我们理解这个世界。

　　所以，我喝酒的时候，如果不是很熟悉的朋友聚会，往往不多说话，自顾自吃菜，偶尔端杯应一下。这个宴会的中心永远不是你，而是那些有身份有地位的人。他们在为一个问题争得面红耳赤，都觉得自己是对的。

他们之所以能争执，是因为在单位里都拥有绝对的话语权，出了单位，也习惯了这种话语权。真理永远都掌握在他们手里。所以，他们谁也不愿意吃下风的，吃下风是很没面子的事。所以，酒桌上往往在喝上劲的时候，会吵得震天响，明争暗斗的，每句话都有玄机，都在暗示着我混得比你好，我的场子比你大，我的权力比你大，我的钱比你多，我的朋友比你多，我的女人比你多。你跟我比，我拔根毛都能压死你。这几样咱都没有，可谓局外之局外人，不能掺和这些庙堂之事，安安静静在一旁视而不见，观而不战就是了。

视而不见，观而不战，在别人看来是不可思议的。视了怎能不见，观了怎能不战，都是江湖中人，怎会有如此定力？问题是酒桌上争斗的两方势均力敌，要寻找同盟军了。人多的时候，你躲在一旁玩手机或假装上厕所也就罢了，人少的时候，人家就拿眼睛盯着你，希望你表个态，或干脆问：作家，你看呢？每每此时我便受宠若惊，原来，这里还有我说话的地方啊。可是，该我说话了，我又为难，说什么好呢？他们刚才为什么事情争议，我一点都没听进去，光顾玩手机或想别的事了。再说，即便知道争论的话题，也不好表态啊。你一表态，那就是支持某方，就得罪了另一方。所以，我就很为难，我就有些茫然无措，我就只好哈哈笑着，却不说话。问的人就很尴尬，就想找个台阶下，就说，咱们别争了，都被作家记在心里，回去写成文字啦，喝酒，喝酒。还有的恼羞成怒，以为我清高，不爱搭理他们，就借着酒劲对旁边的人道，所谓作家，是在正常领域干不出名堂，只好浪得个虚名罢了。声音不大，但绝对让你听见，也让别人听见。别人装着没听见，我也装着没听见，一桌子都是低头喝汤的声音。主人立即转移话题，立即有应者，你一句，我一句，话题宽泛起来，气氛又活跃起来。而那时，我已疲倦。酒不能让我兴奋，心里惦念着另外的事，借故告辞。走上大街，街上车来人往，热闹非凡，在我心中却是那样的清静。我知道我本不属于浮躁，安静才是我的本心。缓步走上路旁的林阴小道，都市的喧闹渐渐离我远去。

酒桌上的事还有很多，每天都在不厌其烦地上演，三天三夜也说不完。闷了我就去看看演出，装聋作哑，不闷的时候，我就推了酒事，回家喝粥，想喝酒了，就一个人找个小酒馆，花几十块钱，点两个小菜，拿一小瓶二锅头，自斟自饮，这是件很快乐的事，胜过几百块钱的好酒，几千块的大餐。

| 停 博 小 记 |

停博了，是因为忙，是因为写不出啥来，是因为一些不好说的原因，是因为想安静。

博客从2007年10月开，到2012年10月停，正好五年，一个整数。

当初为什么要开博？我也说不清楚。好像是一些朋友的撺掇，那么多人都开博了，你也得开博啊，可以看到你最新的文章最新的动态啊。我这人心软，总是吃不住劝。比如我上街买东西，本来想买这样东西，人家说，这东西得和另一样东西配套用，我就把另一样东西也买回来了。结果买回来也没啥用，一直放到过期再扔了。装修的时候，买一个抽水马桶。我想买一个普通的，结果一个女同事说，还是买个智能的吧，能除臭，能冲洗，方便极了。我就多花几千块钱，买了个智能的，结果除了一次试用外，再也没用过。那些朋友劝我开博，其实人家也是客套话，一说而已，我就当真了，就开了博，不开好像对不起朋友。

其实我是不喜欢网络的，平时上网也不多。只是偶尔到别人的博客上看看，学习学习。我不喜欢三种人的博客：一是怨妇般地诉苦、发牢骚。在博客诉苦、发牢骚能得到什么呢？什么也得不到，因为网络是很空的。诉苦发牢骚，虽然能得到一时的宣泄，但到头来什么也得不到，问题还得自己解决。二是泼妇般地骂街、攻击别人、揭露别人的隐私。我喜欢和平的人，不喜欢动辄翻脸，乍乍呼呼大骂出口，卷胳膊挽袖大打出手的人。有话好商量，可以私下里解决，谁还没个错，你看不惯他，不跟他交往就是了，如果不是原则性问题，就没必要把人一棍子打死。三是喜欢炫耀自己，用尽一切手段往自己脸上贴金，有时候甚至不惜贬低别人，把自己拾掇得流金淌银，富婆似的，仿佛自己很著名。其实我是个喜欢简单的人，不喜欢凑热闹，尤其不喜欢凑跟自己无关的热闹，网上喧喧嚣嚣，热热闹闹，可再多的喧嚣，再大的热闹与我无关，我不喜欢。

　　林子大了，什么鸟都有。网络也是，泥沙俱下，真假难辨。莫言有篇散文，题目叫《人一上网就变得厚颜无耻》，我记不清里面的具体内容了，但这个题目我记忆深刻，狠，入木三分。网络很复杂，网络上的人也很复杂。他们怀着各自的目的，在网上游荡。经常在网上瞎逛的人，其实是很耐琢磨的。总是上网留言或聊天，目的是什么呢？有人为了消磨时间，有人为了有个艳遇，有人为了找到朋友，有的为了找到爱情……不同年龄的人有不同的目的。在网上消磨时间，不如实实在在地找点事做，在网上寻找艳遇，本身动机就不纯，至于寻找朋友和爱情，可信度也不高，寻找的大多是风险、欺骗和伤害。我输入上网聊天目的关键词，立即出现五花八门的条目。有许多人在用自己的亲身经历，来说明很多人上网聊天的动机不纯。人为什么一上网就变得厚颜无耻？是因为网络是虚幻的，是相互玩的，都躲在幕后，类似于钓鱼，钓着就钓着，钓不到拉倒，换个地方接着钓。不道德的人和犯罪分子像苍蝇一样乘虚而入，嘤嘤嗡嗡寻找目标。于是，网络上就发生了许多荒诞的事，痛心的事，让人追悔莫及的事。所以我们还是远离的好，尤其是单纯的人，别来趟这浑水，否则会引火烧身，或给自己泼污水。当然，若你本身空虚，本身需要，不在乎这水是浑的污的，也就罢了。

　　开博五年，更新很少，也没写下什么正经文章。今日休博，也不是想写什么正经文章，只是想安静。与其在网上东游西荡，做无聊的事体，不如闭目养神。

　　说了这么多，只是一个方面，难免偏颇。再怎么说，我们还是离不开网络的，因为网络确实给我带来了许多便利的东西。我虽然关博，还没有完全离开博客，有空还是到朋友们的博客去看看，学习学习，听一听朋友们的好消息，为朋友们取得的成绩而高兴。

第四辑

人来
人往

| 奎 山 老 师 |

许多小小说是可以说出个意义来的，揭示了什么社会现象，表达了作者什么感情，或蕴含了什么哲理，或有什么深度，有的甚至是有多重意义。小小说一直被人们推崇的，就是微言大义。可奎山老师的小小说说不出这些来。这老头就是笑呵呵地讲这么一个故事，很朴拙，一五一十，没什么花招。这故事啊，可不像评书那样，一波三折，悬念迭起，吸引人一节一节地听下去。奎山老师讲的故事，不惊不奇，不野不险，就是生活中的琐事，陈芝麻烂谷子，一粒粒的，看起来很平常，没人注意，但奎山老师捡起来，放在嘴上吹两口气，就异常饱满起来。就好像乡村小路上随处可见的散落的小石子、废弃的小碎玻璃，平常没人注意，奎山老师捡起来，在衣服上擦拭擦拭，这石子就变成宝石，这玻璃就成魔镜，发出不一样的光泽来。奎山老师故事讲得很沉稳，从头到尾，不动声色，听的人开始还能端得住，耐着性子听，如果听不下去了，拍拍屁股走人，可是你要坚持听下去，就了不得了，慢慢地，就入戏了，就有感觉了，再想走就走不了了。到最后，有一种说不出的感觉弥漫在心间，最后在心里流出一句真心的话来，这老头忒厉害了，忒厉害了。

也就是说，许多小小说的好，是可以说出来的，是可以归纳出个中心思想的。奎山老师的小小说，是不太好说的。有一种说不出的好！从早先的《红绣鞋》《别情》《红樱桃》等，到前几年的《割韭菜》《在田野上走来走去》《一对红》等，再到近作《相亲》《初恋》《红夹克》等，都有一种说不出的好，有一种说不出的意味。读别人的所谓好小说，或荡气回肠，或惊喜交集，或乐得前仰后合，或恨得咬牙切齿。奎山老师的小小说读了没这些感觉，有的只是心有所动，这"所动"不是很强烈，甚至有些莫名。但正是这样的"所动"，让你好几天都沉浸其中，甚至多年以后，想起这档子事来，还莫名地"动"一下。为什么动？说不出。说出来，就不是他的小说了。

说句很多人都在说的话：我是读着奎山老师的小小说写小小说的。当年，老师写出《画家与他的孙女》时，我还不知道什么叫小小说。《画家与他的孙女》，不少人都说好，我也不好说不好。但这篇似乎并不对我的路子。这篇文章可以看作是他的一个实验，而这个实验从某种程度看又是成功的，得了几个大奖，影响了一代小小说读者。真正让我叫好的，是他的《别情》，这是一篇让我读多少遍都不厌倦的作品。从《别情》往回看，我看到了《红绣鞋》《青苹果》《野樱桃》等，这些小说，都散发着独特的韵味。此后，逢到他的小说，我必认真赏读。如果跳过去不读，就跟犯罪一样，觉得对不起奎山老师，也对不起自己。记得在一次笔会上，一贯说话很不严肃的芦芙荭很严肃地对奎山老师说，说实在的，这么多年来，我们写的东西，大多数还说得过去，但偶尔也有失手的时候，弄出个次品啥的，大哥你是高手，就没有失手的时候，一拿一个准。奎山老师很害羞地笑着，眼睛都眯成了一条缝，用他的河南方言嘟哝：啥高手呀，还没失手，我是小偷呵。

奎山老师的文品人品，在圈里是有口皆碑的，人缘更是不用说啦。每次笔会，他都不多讲话，匆匆忙忙地吃饭，开会，回房间。但他走到哪，总是有人围着他老师长老师短、大哥长大哥短的，热热乎乎地寒暄。我也是个性格内向的人，不会交际，不会乍乍呼呼，不在人多的地方扎堆。或者在房间里看电视，或者跟老宗等少数几个好友拉拉呱，最多的还是到

奎山老师的房间坐坐，聊聊天。他会跟我谈一个新作者，谁谁谁的某篇作品，说得那么细致，弄得我有点发蒙。我是个懒散的人，懒散到对自己都不关心，更别说关心别人。写得少，读得当然也少。许多新作者，我是很难记住名字的，即便是记住名字，作品也读得不多，即便读了，也不会读得那么细。人和作品又老是混淆。许多时候，遇到一个作者，我想不起来是谁，他老人家能说出来，还能说出某篇作品。这一点，我很惭愧。越是惭愧，越是佩服奎山老师。

如此说来，作文做人，奎山老师都淡到极致。其实不然，老头的骨子里，有一种很强的传统文人气质。他有他的原则，他有他的策略。他的策略往往是最厉害的，表现在作品里，也是如此。最近的《相亲》和《红夹克》，从谭桂云到毛小苹，似乎锁定了高珍，最后却冒出一个王凤娟；从一个红夹克，到另一个红夹克，再到一群红夹克，让我们不知不觉中一步步走进他的文学陷阱。厉害啊。他对文学、对社会看得都很透，可以说洞若观火。如果不这样，他写不出这样纯正的小说来。有些人，写了一辈子小说，其实压根不知道什么是小说，写的也跟小说挨不着边，却表现得比任何人都会写小说。可这又有什么关系呢？这是事实的存在。而这个存在，似乎也是有必要的。猪往前拱，鸡往后刨，狗来看家，牛去耕地，为了生存，各行其道。重要的不是写作，是聚在一起的欢乐。其他的事儿，按老头的话来说，算个球啊。

散说宗利华

宗利华是个很有理想、很有追求的人，他的面前始终有着目标。有短期目标，有长期目标。他在不断地调整自己，变换着姿势，使自己跑得更快些，超越一个个短期目标，接近长期目标。

宗利华的文章写得好，是公认的。他不是简单的写作，简单的写作谁都会写。宗利华有着整体的规划和谋略，于是他多条腿走路，每条腿都那么坚实有力。小小说、中短篇、长篇遍地开花，很有成绩。他广泛涉猎，提升综合素质，使自己羽翼丰满。电影、绘画、书法、体育等都往脑子里装，所以他的脑袋越来越大，知识越来越丰富，随便冒出点什么来，都有点含量。

宗利华会做文，也会做事。他有自己的原则，也有自己的尺度。他在朋友圈子里，有着极好的人缘。奎山老师说他很得女人喜欢。我仔细回想宗利华的面相，面阔，目利，嘴角处却有几分温柔。这是个复杂而迷离的面相组合。

宗利华比我出道早，我一直把他当作兄长。我记得我还在埋头弄《三国》的时候，他的土地里已经长出了闪闪发光的绿豆，并且得了当年度的优秀作品奖。好像我们第一次在笔会上见面，他就是去拿奖的。就是在那次会上，我们建立了友谊。随后的十年间，我们始终保持联系。他有高兴的事，我跟他一起高兴，他心情不好，我也没什么精神。他创作系列小小说《十诫》，时间跨度长，历时半年，很费了一番心思。那段时间，几乎每次通话，我都问进展如何了。他说，放一放，在搞别的。不久，我就看到了他构思缜密的十篇力作，还有一些中短篇。他就是这样精力充沛，同

时能做几件事，又拿得起放得下。不像我，一件事要么在心里搁着睡不着觉，要么忘得一干二净，一辈子也想不起来。

他越来越有作家的范儿了，烟抽得越来越凶，一支接一支地抽。每次我都劝他少抽点，注意身体。他说没事儿。宗利华的酒量惊人，肯定过一斤。

宗利华在鲁院学习，我经常到他的博客去看看，分享一下他在鲁院的快乐。有时候发个短信问候一下，我怕他阔了就不承认我们贫贱时的友情，特写下如上文字。一来祝贺他的研讨会隆重召开，二为证明，复印两份，一份贴在小小说作家网上，一份贴在自己的博客上。这家伙就是做了作协主席也抵赖不了。

裴 老 师

有一天，我在办公室里加班，接到县委宣传部李正金主任的电话。李主任说，裴部长想请你晚上来聚一聚。我立即很歉意地笑：对不起，我今天在盐城加班，没回县里呀。他说，那就没办法了。

随后，我给裴部长打了一个电话，解释自己不能赴约的原因。裴部长说，是这么回事，我们这里来了一个作家朋友，挖掘了一个军人典型，我想请你来认识认识，也聚一聚，既然你没回来，那就算了，以后有机会再聚吧。然后，说了一些家常话，就挂了。

对于裴部长，我是充满感激、充满敬意的。怎么说呢？他既是我的领导，又是老师，又是朋友。他为人热情，平易近人，热爱文化宣传事业，曾经组织召开过我的小小说研讨会。

话就要往前说了。

十多年前，我在县中读书，裴部长正在县中任教。开始我并不认识他，只在校传达室的窗台上经常看到一些杂志社寄来的大信封，上面写着"裴彦贵先生"收。也经常在一些报刊上看到文章的标题下面，署名裴彦贵。看得多了，便想，裴彦贵先生是谁呢？这般厉害！还想，假如有一天，我也能收到这么多来自杂志社的信封，也能在报刊上看到自己的名字，该多好呀！

一年后，我读高二。一个身着浅灰色西装、戴着眼镜的高个子中年人经常步履轻捷、精神焕发地出现在高二年级的走廊上。他就是我们高二语文组组长裴彦贵老师。裴老师思想活跃，课上活泼生动，课下生动活泼。成立文学社，办校刊，请名家，开讲座，一系列活动，丰富多彩。如果说我已在文学创作上取得一定成绩的话，那么，与裴老师的启蒙是分不开的。古人云，世有伯乐，然后有千里马。虽然，我们不敢妄称千里马，但裴老师堪称伯乐。

大概就是我从响水中学毕业的那一年，裴老师也因其深厚的文学功底，调任县政府。数年后，我从常州某校毕业，分至县某银行，直至今天。而裴老师在政界一路攀升，已成为本县县委常委、宣传部长。他高屋建瓴，用他的如椽大笔，描绘着灌河文化的大文章。由他策划组织的数届"响水县文化艺术周"，取得良好的社会效应。我知道，响水的许多文化人对裴部长有着深厚的感情，他们不仅以裴部长是好领导，更以裴部长为好朋友。而许多在外地发展的文化人，也都与裴部长有着很密切的联系，只要回乡，必来他的办公室坐坐。

有一天，裴部长等人在施美酒家宴请朋友。我应邀作陪。席间，文联副主席张海波悄声对我说，裴部长准备在第二届文化艺术周期间举办你的小小说研讨会，你要好好准备呀。当时我心头一震。

在裴部长的精心策划下，我的小小说研讨会于2005年9月末成功举行。

为了这个会，我提前离开了"全省第二届青年作家创作会议"的会场。在彩旗飘舞的响水大酒店门前，我迎来了一个又一个尊贵的客人。百花园杂志社的杨晓敏先生从郑州亲自驱车而至，江苏省作协《雨花》杂志社的主编姜俐敏先生也从省城匆匆赶来，还有江西、山东等地及省内的作家朋友也风尘仆仆地聚来。虽然一连多日雨水绵绵，但大家热情高涨，不知谁呼喊一声，大家一起冒雨走上灌河大桥，兴致勃勃地欣赏了我在小说中构建的"响水河"风光。

研讨会是由裴部长亲自主持的，他首先热情地向与会嘉宾介绍了我县的人文地理和经济建设情况。随后，与会专家学者踊跃发言，对我的小小说进行了研讨。对于他们真诚而热情的话语，我感激且惭愧。

会议结束后的招待晚宴上，裴部长拍着肩膀说，好好写呀，你看，这么多人都关心着你呢。我的眼角不由潮润起来。

时间如白驹过隙，忽然已过八年。这八年中，我不敢偷闲，在繁忙的工作之余，读书写作，出了六本书。每出一本书，我都邮寄一本，或恭恭敬敬地送一本到裴部长面前，裴部长的脸上洋溢着和谐的笑意，他说，好好写啊。

裴部长对我一直关心，生活、工作、创作，闲下来总要问一问。在他的身上，我看不到官气，只有浓浓的亲情和文人气息。他掏心窝子说很近的话，平平稳稳做很实的事。那年，我到盐城上班。临行前，向他道别，他又是事无巨细地叮嘱勉励一番。而我回县里去，又会到他的办公室来汇报汇报工作。在他任县宣传部长期间，积极倡导并花费大量心血开办了杂志《灌河潮》，杂志本身的质量已不足道，但它确实为响水文化人争得一块自留地，提供了交流的平台。总之，裴部长对于响水文化事业的拓展功莫大焉。他给响水文化人带来了文化的信心和和谐的力量。

刘 老 师

刘开骅是我高一时的语文老师。他上课眉飞色舞，嗓音有磁性，普通话里杂乡音，才华横溢，纵论古今，深得学生喜爱。他的课不拘形式，活泼而民主。他说，当年孔子授课，往往盘坐树阴下，斜靠矮墙边，自由争论，气氛热烈。于是，刘老师的课便也从教室里移到户外，身下是绿油油的草地，头顶着蓝天白云，别是一番心境开阔，神怡气清。

他走进课堂，同学们起立，叫老师好！下课时，却不要大家起立。他说，上课时起立提提精神是有必要的，上了一节课，你们听课也挺累的，就不要拘泥礼节，自在一些最好。每堂课开始，他并不讲授课文，而是请一位同学上台展示才艺。或演讲，或朗诵，或唱歌，或说相声，五花八门，气氛立时被调动起来，整节课便充满笑声。期末考试前的一节课，他也不带大家复习，而是组织起文艺汇演。他说，该学的都入脑了，突击上去两三分也没多大意思，不如乐乐呵呵，放松放松。

他上课不唯课本，天南地北任意纵横，古今中外皆进课堂。当时课本有一篇关于荔枝的说明文，本来没什么趣味，可刘老师从荔枝讲到杨贵妃，从杨贵妃讲到《长恨歌》："汉皇重色思倾国，御宇多年求不得。"把唐明皇与杨贵妃缠绵悱恻的爱情故事讲得妙趣横生，跌宕起伏。一篇《长恨歌》讲了三节课，我们听得大呼过瘾，往往这节语文课刚下，又盼着下一节语文课。

刘老师是第一个教我投稿的人。当时讲鲁迅的小说，《药》，每人写一篇解读《药》的文章，刘老师选出两篇他认为好的文章，到他宿舍去认真抄写在方格稿纸上，其中就有我。他教我们标题写在哪，作者姓名写在

哪，最后作者联系方式怎么写，等等，很是细致。那篇文章投出去了，如泥牛入海，再无回音，但那是我第一次投稿，记忆十分真切。多年以后，我的文字第一次出现在报刊上，我想起当年在刘老师宿舍抄写稿件的情景，不由哈哈地笑一声，又"唉"地叹口气。

刘老师夫妻两地分居，师母在淮阴的一家医院。每逢周末，刘老师都要坐半天的车去淮阴团聚，难免会走得早或回得迟，耽误了课程。有一次，上课铃响过几分钟，他才匆匆赶到教室。他说，自己刚下车，迟到了。然后又无奈地感叹道：夫妻分居，不得团圆，耽误课程，请大家谅解。

师母有时也过来看他。师母高高的个子，戴着眼镜，很秀气。师母无法从淮阴调到响水，刘老师也无法从响水调到淮阴，只有通过考研寻求突破。而当时校领导又不愿意他考研，因为他一旦考上了，就得离开学校去读书，学校就少了一位好老师。刘老师顶着学校的压力，一方面备课教学，一方面挤出时间来复习考研。功夫不负有心人，他成功了，考上了南京政治学院的研究生，毕业后，就留在政治学院任教，师母也调到南京。而我也毕业考上了中专学校。

这一别就是二十年，其间有过一次短暂的联系。去年，在一次宴会上，我又见到了刘老师。刘老师仍然是那么精神，口音也没有改变。我们谈起了二十年前的往事，感叹岁月蹉跎。

刘老师是带着夫人和女儿一起去的。师母的相貌也没有什么改变，仍然戴着宽边眼镜，与二十年前在水池边洗碗的小媳妇一样。刘老师的女儿已经大学毕业，正在读研究生。二十年前，刘老师找来一辆拖车拖着师母去的医院，回来时，就拖着两个人了。那是个夏天，刘老师的额头汗水淋漓。拖车缓缓地进入校园，经过一段林阴道，林阴道旁是操场，有学生在踢足球。拖车沿着操场向东又拐上水泥路，走进崭新的生活，幸福快乐。

今年初，我出了一本新书，立即给刘老师寄了一本。刘老师回了一个短信，说，收到了，好。好啊。

书到了刘老师手里，我的心一下子静下来，仿佛我坐到了他的课堂上。

周　老　师

教我们小学五年级的周老师，是个很有想法的人。

他是部队转业回来的，妻子在另外一个小学教书，他们的儿子也有五六岁了，随他父亲，小精灵的样子，名字叫周天。我们都很佩服周老师，认为他是干大事的人，给儿子起这名字就非常有气魄。

是的，他是干大事的人，他很想干大事。可一个农村小学老师，能干什么大事呢？条件有限嘛。周老师没有条件，也要创造条件。他一个人干不起来，他要发动我们干。

短短一年时间里，周老师带领我们干了好多大事，我试着回忆一二。

那时候，最热的词是学雷锋做好事。周老师就带领我们学了很多次雷锋，做了很多次好事。有一件事我记得很清楚，就是利用节假日时间，在电影院门前摆小人书摊，免费让等候看电影的人阅读。小人书从哪里来？周老师让我们全班同学每人带一本，全班54个同学，就是54本，还有好表现的同学，一人带了五六本，加起来快100本了。100本小人书，摆在影院门前背风的地方，非常显眼，非常壮观，引来许多人观看。我们那时候条件太差，没有钱拉横幅，周老师在硬纸板上写下四个龙飞凤舞的大字：免费读书。有人还掏出一分钱来。我们班长按照周老师教好的词说，我们是六套中心小学五年级少先队学雷锋小组，我们免费赠阅小人书，一分钱

不收，只希望在寒冷的天气里给你们带来春天般的温暖。我们几个骨干分布在四周看着，防止有人偷小人书。都说三月学雷锋，可那时正放寒假，天气贼冷，我们几个揣着手，来回走动，眼睛警惕地扫瞄着。我忽然发现有一个家伙把一本小人书一边往怀里揣，一边往外走。我赶紧上前拦住，说，请您把小人书拿出来再走。那人说，没有呀。我手疾眼快，一伸手从他怀里把小人书抢过来。他说，这是我自己的。我说，不可能。他说，就是我从家里带来的。我翻到小人书最后一页，上面有一行铅笔字，六套小学五年级少先队学雷锋小组。那人尴尬地挠挠头，说，既然学雷锋，就该学到底，这里天太冷，让我带回家去看嘛。说着，在周围人的哄笑声中，逃了。周老师在影院的台阶上看着，向我竖起大拇指，露出满意的笑容。

还有一件事不能不提，那就是周老师带领我们轰轰烈烈地除四害灭老鼠。周老师说，老鼠是公害，从我们嘴里偷吃了多少粮食，它是人类的敌人，我们要坚决消灭它。他要求我们每人每周交五只老鼠尾巴。我们积极响应，一放学就拿着铁锹往庄稼地里跑，去找老鼠。还到市场上去买老鼠夹放到家里夹老鼠。到星期六下午，我只找到四只尾巴，没有其他办法，只好把四只老鼠尾巴包好，上学校，等着被周老师批评。走到半路上，看到一只狗嘴里衔着个东西悠然自得在我面前走过。仔细一看，狗嘴里叼的是老鼠，我大喝一声，丢下老鼠！狗不听我的话，掉头就跑，我在后面紧紧追赶。事实证明，狗比我跑得快。可我那天是拼了命了，紧追不舍，拿着地上的土块砸过去。狗一闪身，躲过了，回过头来，很不满地冲我汪汪叫了两声。它一叫，老鼠就掉了下来。我赶紧冲过去，捡起来。那是一只死去多日的老鼠，都成老鼠干了。我顾不得许多，掏出随身带的小刀，切下尾巴，包好，把没有尾巴的死老鼠扔给狗。那狗瞪大眼睛看着我，心里一定在想，这人真是莫名其妙。

周老师没想到，捕鼠这件事，受到其他老师的反对。首先数学叶老师带头反对。那天下午，第一节是数学公开课。他跟几个老师到教室一看，差了一小半人，一问，才知道都去田里挖老鼠了。他很生气，把书一摔就到办公室找周老师，跟周老师吵了一架，周老师自知理亏，连赔不是。接着，另一个女教师也吵了起来。她的儿子在我们班，回家作业不做，嚷着要她帮忙逮老鼠。女教师火了，跟周老师吵了一架，把儿子转到另外一班去了。还有我们班一个同学，不知从哪收来几十只老鼠尾巴，到教室叫卖，一分钱一只。结果有一个同学拿了老鼠尾巴不给钱，打了起来，被校长发现了。校长狠狠批评周老师一顿。周老师在教室开班会，没有一句批评，反而表扬我们，他还慨叹一句，现在干点大事真难啊。

尽管遇到许多挫折，周老师还是不灰心，他还带领我们向边远地区捐书。边远地区的小朋友很配合，写了感谢信登在少年报上，被周老师拿到教室读得声情并茂。他还把这些好人好事写成稿子，投到报社，刊登出来，扩大影响力。

那一年，我们班被全省评为十佳少年先锋队。为此，周老师还开了一个庆功会。

不久，周老师因表现突出，被调到另外一个小学做了校长。他很满足，没有再往前进步，在这位置上一做就到退休。

| 钱 老 师 |

十年前，我在县里的银行营业厅做柜员的时候，遇到了初中的班主任钱老师。他是到银行拿工资的。钱老师说，我的学生中，成为作家的，就你一个，了不起呀！

他说他经常在报纸杂志上看到我的小说，不久前还看到了《庄保四寻妻》。那是成熟的写作了，我很喜欢。他很兴奋地说，仿佛是在中学课堂上评点我的作文。那时，钱老师是一个乡中学的教务处主任。

那天，他很感慨地说，我都四十了，你也有三十了吧，岁月不饶人，一晃十几年过去了。

钱老师从阜宁师范毕业，分到我们中学，他教的第一届就是我们班。开学第一天，他背着手，站在教室后面，我们还以为是高年级的学生来找弟弟妹妹呢。站了一会儿，他居然走到讲台上，用并不标准的普通话说，同学们好，很高兴我能在这个学期跟大家一起学习语文，另外，我还担任你们的班主任。我姓钱，叫钱绍政。

说着，他拿起粉笔，在黑板上写下自己的名字，很工整的楷体。

我在下面笑了，钱绍政，谐音就是钱少挣，这人这辈子发不了财。

钱老师的课上得生动活泼，喜欢引经据典。他喜欢读课文，逐字逐句地讲解。他说，我之所以带着你们读课文，是训练你们的语感，语文最重要的是语感。后来，别的班老师来代课，也不读课文，就归纳段落大意、中心思想，听得我们稀里糊涂。大家都觉得，还是钱老师讲的课耐听。

不久，学校举办文娱晚会，每个班推选节目，推来推去，就推选我讲故事。我讲的是《张飞喝断长坂桥》。

演出是在一个晚上。我是走读生，放了晚学就往家里跑。到家里吃过饭，做作业。这时，我的一个同学跑过来，说，今晚演出，你咋跑回来了呢？我说，忘了。他说，钱老师在村口等着呢，快走。

我连忙跟着他到村口，果然见钱老师扶着车子站在月亮地里。看到我来了，二话不说，让我们上车，我那同学坐后面，我坐前面，钱老师骑车。钱老师近视，眼睛看得不是太清楚，骑着骑着，一头栽到路边的草垛上。我们爬起来，哈哈笑了一气，继续赶路。

到了学校，教室门前的一块空地上，拉着几个昏黄的灯泡，聚着不少人。老师们坐在前排。学生有的坐着，有的站着，围成一圈。我喘了口气，钱老师递过一杯水来，我润了润嗓子，就上了台。其实也没有台子，就是一小块空地上放着个立式话筒。我先说了句定场诗：长坂桥头杀气生，横枪跃马眼圆睁，一声吼似轰雷震，独退曹家百万兵。说到张飞断喝的时候，还哇呀呀怪叫，引得一片笑声。说得比较成功，校长让主持人再报个幕，让我加演一段。主持人是个女的，嗓音很脆，大声说，说得好不好，妙不妙，再来一个要不要。于是，我抖擞精神，上去又演了一段《华容道》，也学曹操到华容道时的哈哈大笑。那时岁数小，胆子大，不像现在怕事，遇事总是向后退。

下场后，钱老师拍着我的肩膀说，不错，好样的！

到初二下学期，我跟钱老师闹了一场误会。钱老师不知为了什么事情，处罚了一个学生。我的记忆中，钱老师到了初二，性格有所改变，脾气似乎见长。这个学生的家长找到学校，说钱老师殴打了他儿子。学校调查下来，没有证据，就让那个学生写检查。这个学生就写了，引经据典，言语之间还是有点骂钱老师的意思。问题是，这学生跟我走得近，而他这检查，很似我的文风，我写作文也喜欢引经据典。钱老师很生气，认为是我写的。他觉得他对我这么好，我却帮别人骂他，他很伤心，也很恼怒。责问了我几次，我不承认，他更加生气，认为我不敢承认错误。

这是个误会。从那以后，我和钱老师的关系便变得很僵。直到初中毕

业，也没有完全缓解。

现在想想，这样的误会在现实生活中太多了。师生、同事、兄弟、夫妻等等，之间存在着太多的误会。有些误会很快就会消解，有些误会将影响你的一生。

我高中有一个同学，跟钱老师同村。他跟钱老师提起我，钱老师说，一开始我们挺好的，后来不太友好。

去年，我到淮安开会。一个同学请我吃饭。同学请来几个同乡作陪，其中一个刚毕业不久的女生。她说，钱老师是我的舅舅，钱老师曾经提到过你，你是个作家呢。

我忽然感到有些心酸。钱老师最后一次在营业厅见到我的时候，说，岁月不饶人，一晃十几年过去了。现在，又一晃，十几年过去了。钱老师应该做校长了吧。再过一个十年，也该退休了。

行者老杜

北京奥运会过去整整一年，时间过得真快。想起一个人来——老杜。

三年前的一天，我和一个朋友在街上走，遇一老者，推自行车，车头上插一面小旗，上书：迎奥运单骑走全国。我们觉得奇怪，主动上前搭话。老者说自己是外地人，单骑走全国，每到一处，必找政府部门盖个章，以为证，刚才在县政府盖了章，请人家解决住宿问题，被婉拒，现在，正找便宜一点的招待所呢。

我说，吃住我们包下了。老者拱手，多谢！便找了一个小饭馆坐了下来。

老者姓杜，为吉林某农村小学老师，退休后闲居家中，想起年少时的壮志，要走遍全国名山大川，不坐火车或汽车，更不乘飞机，只骑一自行车足矣。跟家里人商量，孩子们都说，您要散心，旅游，我们可以陪您，还有妈妈，一道儿坐汽车、火车，何苦骑自行车呢？老太婆也劝。老杜仍不改初衷，斥道，你不要拖我的后腿，你已经拖了我几十年后腿了！

做好了全家的思想工作，老杜又向一些老朋友告别。老朋友们都劝，都年过六十了，该享享福了，折腾什么！

一个老朋友的儿子，是某乡政府的宣传干事，对老杜的计划很感兴趣，给老杜出主意：应该出师有名，策划一个主题呀，我看就叫"迎奥运单骑走全国"吧。

老杜一下子阳光灿烂起来，说，还是你们年轻人有见识！

老杜回忆起那天出行的情景依然很激动，他说：那天，我们乡政府门前彩旗飘展，人头攒动。我精神抖擞地站在人群的中心，身着乡服装厂

赞助的运动服，手扶着饮料厂赞助的崭新的自行车。车后座上捆着乡小学赞助的一床棉被，车前面插着乡政府特制的"迎奥运单骑走全国"的小红旗。鞭炮齐鸣，我和乡长亲切握手，然后，转身，起跨，蹬车而去。我知道身后多少双眼睛看着我，很多人都是看看热闹罢了，最不舍的当然是我的家人。那一刻，我热泪盈眶。

老杜还说起他的小儿子，他也是作家呀，应报社之邀，写了篇文章，叫《父亲六十岁出门远行》，其中有这么几句：父亲骑车而去，风儿吹起他的运动外衣，使他的背影显得很宽阔。尽管如此，那宽阔的身影还是很快消失在街的尽头。父亲骑车远行，我的思绪也随之远行。作为儿子，我一直在心里默默祝福他，另一方面，作为一个作家，我从未停止对他此行真实心理的探寻。

说到这里，老杜朗声大笑，说，我儿子不愧是个作家呀，他都对我的心理进行探寻了，不得了。

我们都笑了，说，儿子嘛，最亲近的就是父亲，他们总希望多了解父亲，多关心父亲。

老杜说，是啊。儿子后来在电话里说，我知道你为什么要离家远行了，因为你受够了母亲，想离开母亲。真不愧是作家啊，看得准啊。我和老伴虽然一起生活了几十年，可我最烦的是老伴的唠叨，最喜欢听的是我学生们悦耳的读书声。我到课堂上，看到我的学生们，所有烦恼都烟消云散了。那时，我可以去学校逃避她的无理数落，可是，我退休了，再也没地方逃了，就想起"单骑走全国"的招儿。

我们都笑着说，你闹了那么大动静，只为一个小小的理由啊。

老杜说，这当然是借口，主要是想出去开阔开阔视野，给我们国家的奥运会壮壮声势。

老杜还拿出几个大本子给我们看，里面密密麻麻都是全国各地的行政公章和邮政纪念章。老杜又拿出一叠厚厚的报纸来，报纸上有他接受全国各地报刊媒体的采访记录。

老杜说，现在已经跑了两年了。两年中，吃过不少苦头，为了省钱，吃最简单的饭菜，住最简陋的招待所。夏天，在公园的长椅上一躺就是一宿。有时，贪走了路程，前不着村，后不着店，宿在深山中，夜里山风刺骨，狼虫号叫，醒来一看更是冷汗直流。原来，再过几米，就是悬崖绝壁，如翻个身，掉下去，粉身碎骨呀。这些都在其次，有时在街市上遇到一些人不能理解，拿白眼珠看我，是令我最寒心的。当然这些人是极少数的，一年遇不到三两个，最多的是遇到你们俩这样的好人，能够理解支持我。两年中，我的车子已经修了十余次，很多修车师傅看我的行头，看我的旗子，都不要修车费了。更有送我衣物的，赠我钱财的。衣物我收下，钱财一律退回。他们能理解我，我已知足了呀。

老杜还说，出来两年，还真的想家了，想老太婆，想孩子了。以前觉得老太婆太唠叨，现在觉得离了她的唠叨，反而不适应了。

那天我们喝了不少酒，一片醉意中，我们领老杜住旅馆。当然都是我们埋单。晚上，我们又聊了很久，互留了电话号码。

⋯⋯⋯⋯⋯⋯

北京奥运会开幕的前一个月，我接到了老杜的电话，他说他已经骑着他的单车到家了。

老杜说，我将几个大本子和一叠厚厚的报纸交给了县宣传部，还将几大本笔记本交给小儿子，这是我的日记，或许对他创作有用。他翻动着我四年的全部记录，对我说，您真伟大，我这个作家名称是多么苍白无力！

我说，到家好啊，可以好好休息了。

老杜笑了，说，不，才刚刚开始。

我问，怎么是刚刚开始呢？

老杜说，接下来的日子里，不断有人请我去学校演讲。

老杜骄傲地对我说，我终于又回到学校啦！

| 朋友周长国 |

几年前，我在响水县城柜面上数钱的时候，闲暇看我们总行的《建设银行报》，经常有一个名字不厌其烦地跳入眼帘，跟随这个名字一起的，是大豆腐块，小豆腐块，有通讯，有特写，有图片新闻，还在副刊上发散文。后来我调到市行办公室的信息宣传岗位，也做起文字工作，也经常在《建设银行报》上发文章，大豆腐块小豆腐块，有通讯，有特写，有图片新闻，还在副刊上发散文。于是每年终了，我的名字会和他的名字出现在两张表彰的文件上，一张是建设银行报的优秀通讯员，一张是省分行的宣传先进个人。于是在省分行或总行的宣传工作会上，我与他相见了。伸出大手，说着并不完全虚假的套话，某某某，我是某某，很高兴见到你，经常拜读你的大作，好，向你学习！于是，白天开会坐在一起，早上散步走在一起，晚上睡觉住在一起。关了灯，在黑暗中吹些不光明的事。他是抽烟的，烟头在黑暗中一明一灭，仿佛他窥探世事的眼睛，透着一点希望，这个希望随时可以灭掉，随时可以点燃。

这样的场景延续了多年，直到现在。这样的友情也延续了多年，直到现在。

我们之所以谈得来，是因为我们有着相似的经历。原先，他屈居在淮安下面一个叫洪泽的县建行。我读小学的时候就知道洪泽，那里有一个洪泽湖，是中国四大淡水湖之一。我后来还去过，吃过洪泽湖的螃蟹，十分鲜美。喝着洪泽湖水长大的周长国，因为写了几篇新闻宣传类的小文章，引起领导注意，被调到市里搞宣传，发挥特长。我也是如此，因为写了几篇文章被当作人才调到市里。从县里调到市里，是非常不容易的事，我们都没有费什么力气。周长国说，是文字成就了我，给了我更广阔的空间，但话又说回来，也是文字束缚了我，把我局限在这固定的空间里裹足不前周而复始。由于该同志宣传工作搞得有声有色，十年来就一直固定在宣传岗位上，十年如一日地干着同样的事，激情早已在一篇篇稿件中磨损，很多时候是机械劳作。但他干得很好，平凡中凸显不平凡，新闻稿件数质兼优，始终走在兄弟行前列。这么多年干同样的工作，还要干好，非常不容易。一方面要纵向突破，一方面要横向突破。突破别人，突破自己，突破过去。其压力可想而知。我们都有排遣压力的渠道。我是写小说，无意中把自己写成了一个作家。他是搞摄影，图片经常点缀在大小刊物上，一张能得几十块钱的烟钱。除了行里的各项活动外，他更愿意在周末带着相机和家人一起到户外去踏青游玩，寻找一些生活中美的风景，来装点自己疲惫的心灵。他加入淮安市的摄影协会，经常约几个兄弟一起跨市交流，也算是自得其乐。他曾经教我摄影，无奈我太笨，不想学也学不上，傻瓜相机还能摸摸，正规的相机拿到手里就不知怎么用。我是喜欢闲适的人，喜欢空着手晃荡，他可以什么都不带，但必须带相机。于是，他的相机里有一些我的光辉形象，逢到杂志社、出版社要我的照片时，可以拿出来抵挡一阵。

周长国喜欢掼蛋。掼蛋这个扑克游戏最初就来自淮安。所以他的掼蛋水平也很高，经常以老师自居。他会算牌，能差不离地知道对方手里是什么牌，特别是大牌。在这方面，我就差远了。早些年我不会打牌，到了盐城后，一个人闲得慌，才开始打牌的。打是打，也仅限于常规出牌，要我打出什么名堂来，那是不可能的。我不会算牌，往往会出错牌，出到对方的牌里去了。每次跟他结对的时候，赢了输了他都会认真总结，现身说法：这牌应该怎么出，先出啥后出啥。还有一些出牌口诀，什么"枪不打四"、"打七不打八"、"有鬼打一张，无鬼打一夯"、"情况不明，对子先行"等等，一套一套的。牌品如人品。我可以看出周长国虽不是个精明人，但肯定不是糊涂人。在工作和生活中，跟打牌一样，他有自己的理

论，自己的技巧。他有很强的分析能力，评点一些时事或周围的人物有头有尾、头头是道。他的人缘很好，会利用开会的间隙跟人聊会儿天联络感情，所以，他的朋友很多，到哪里都不寂寞。

虽然一年只见一两次面，但时时存在着，对话可以时时发生。工作之余，我们会在"飞秋"上说话。主要是交流一些工作体会，比如某某报表报了没有，某某材料写了没有。也谈最近身体怎样，喝了多少酒，看了哪些书。这家伙在机关呆久了，会说一些场面上的话了。他说，看了某杂志上的一篇小说，写得真不如你啊，啰啰唆唆，不知道写什么，哪里像你的小说简洁明了，又有深度，我真的喜欢看你的小说。他的话听起来很好听，比唱歌还好听，但是很危险。因为我一直把他当作好朋友待的，比较相信他，认为他还是真诚可信的。但这些话，如果我相信了，就太不自知了。他还写过一篇吹捧我的文章，题目非常乡土，叫《那山野里夺目的亮色》。开篇写道：

> 以前我总认为自己清高脱俗，可是直到有一天，我看了盐城邓洪卫《大鱼过河》小小说集后，才发现自己也是个势利的人。因为，如果把邓君的书和那些名家名著放在一起，如同山野里的一朵不知名的小花，我肯定不会去留意它的。事实证明，我错了。邓君的小小说如山野小花，看似平凡，却有夺目亮色。在信息泛滥成灾的今天，很少有文字能让人一气看完不打顿的。当我信手打开《大鱼过河》，立刻就被多重的主题和明快、调侃式的叙事风格勾了魂。

你听听，多肉麻啊。连勾魂这样的词都用上了。好在我免疫力还是比较高的，能稳得住。再说，这话出自一个大老爷们之口，无论真假都没什么大意思，说得再好听，我也不会心旌摇荡，也不会被勾魂，只会泰然处之，一笑了之。

同 学 小 荷

前两天四川汶川地震，让我想起四川的一个兄弟。

这兄弟叫小荷，财校同学。男的，姓何，因为长得秀气，性格好，见人总是眯眯地笑，所以，我们都叫他是小荷。

小荷有许多爱好，比如打乒乓球。那时学校的体育馆里有乒乓球桌，上体育课前，这家伙跟另一个同学操起板儿，杀将起来，但见球儿上下翻飞，落在板上，乒乒乓乓地，很是悦耳，把我这个不太喜欢体育运动的乡下人看得呆了，听得呆了。说实在话，直到今天，我的脑海里仍然回旋着这动听的声音，还有他一脸灿烂的笑。毕业后，我们通话时，他总问我，肚皮是不是比以前又厚了。我说是。他笑。用浑厚劲道的四川口音说，要多运动，要减肥哟。我说，要得，要得！

这家伙字写得也不错。那时候，很多人都练庞中华的楷书。班上有一个人，练书法。人问，这是嘛体？他得意答：庞体！问者笑，怪不得都横着呢！小荷的字笔画有点像庞体，写出来却不像。到底什么体，谁也说不清楚。问他。他说，何庞体。我笑了，说，就是河里的螃蟹！他也笑。

他也喜欢摄影。那时候可不是玩现在这些傻瓜相机，他玩的是真艺术。毕业的时候，他给很多同学摄过，效果都不错。后来，有人将毕业时的相片贴到同学录上。他在后面很认真的跟帖：这可是我的版权哟。

除了这几样外，他还爱好文学。他应该是我们班那时读书最多的人。他最喜欢读古典文学，特别是《红楼梦》。我们俩常在一起谈文论道。虽然谈得浅白，没有深意，却很单纯。不像现在，跟一些文友谈文学，似乎是文学，却不再单纯了。他跟我讲《红楼》，我跟他讲《三国》。他问我，吕布

其人如何？我说，重情薄义之人。他说：怎讲？我说，重妇人之情，薄父子之义。他大笑，说，可惜了一身武艺！然后他又慨叹了一番《红楼》人物，他慨叹最多的是宝玉，最喜欢的女子是史湘云。他说，他高中毕业，班里有一个女生，约他到她家里去。说到这里，他顿住不说了。我等不住，追问，咋了？他却长叹一声，那时候，小啊，不知道事儿，唉！叹得我心里酸酸的。整得跟《废都》似的，用框框省略了重要内容。

毕业时，他送我本《三国》，我送他本《红楼》，都写上：某某惠存。好像书是自己写的一样。他说，哪天我们各自写出书来，别忘了寄一本。后来，我出了两本小书，都工工整整地写上：小荷雅正或惠存。他做了领导，很忙，再没写什么散文或小说。

拿书在手里挥挥，就此一别十五年。

同学们毕业后都回到当地建行，很多人都回去做柜员。那时，我就想，这家伙的气质，会玩，字好，文章好，摄影好，适合干啥呢？怕是要进办公室做秘书的。果然，就到办公室做秘书，还做了主任，再后来，干上了行长。

我们还偶尔通个电话。有时一个月，有时一年，或者更长。我觉得这很好，毕竟，我们还联系着，有许多人，一毕业就没了音讯。干秘书的时候，他跟我通话，谈怎样写公文，忙呀。当主任的时候，跟我通话，正在策划宣传方案，忙呀。做行长的时候，他说，正在开会，压力大，忙呀。总之，没再谈过红楼。过了那个年龄了呀！真个是《红楼》一去不复返，白云千载空悠悠。

我很想念这位兄弟。真的！我忽然记不起上次与他通话的时间，都很忙呵！

汶川地震的那个下午，我立即给这个兄弟打电话，却不通。我的心空落落的。立即到网上查看，看汶川离我兄弟那似乎很远。我记得我的兄弟在绵阳，我长舒一口气，但还是将心提在嗓子眼里。再看，心完全放不下了。绵阳也地震了！绵阳的北川和安县，震得厉害。我的兄弟好像是在三什么地方。我对照地图，想起叫三台，离震区很近。

我又给他打电话，还是不通。第二天上午，又打他手机，通了。这家伙终于很响亮地嚷道：我还活着！我还活着！

他说，那时，他所在的办公楼，晃了两分钟，人们全都吓坏了。墙已经裂了，他和同事们边往下跑边祈祷，别晃呀，别晃呀，天佑中华！天佑建行！真的不晃了。如果再晃两分钟，你就听不到我的声音了。我的行长还没当够呵！

我的心完全放下了，再看看地图，安县和北川离三台很近，也就几十公里吧。

小荷说，他的一个多年好友被省分行抽调检查，地震的当天，在成都吃过午饭，去阿坝，正好赶上了，现在还没有消息！

我忽地泪流满面。

今天晚上，我又给他打了个电话，里边人吵吵得厉害，他说，正在网点视察。

这里情况很好，明天正常营业。你放心吧，我这忙着呢！说着，他匆匆挂了电话。

让他忙吧，谁让他是领导呢？

忙着多好呵！

第五辑

我写我说

| 我的三国情缘 |

《大三国的小人物》终于出版，也算了结一件事。

人的一生，生出多少事要做。有些事根本就不当事，可以忽略不计。但不当事，也得做啊。一件件做，一件件了。了了，心就安了。不了，就像有一只小兽在心头，时不时地冒出来挠你一下。

现在我捧着这本书，心也安了，这一只小兽再也不会来挠了。

翻开这本书，往事历历，思绪纷飞。

这本书中，写得最早的一篇，是《许攸》，写于上个世纪末，原名叫《同学》，那是我用钢笔在稿纸上一笔一画写出来的。十几年来，每年写一些，总共写了多少？大概一百多篇。不过，有的已经散失了，有的不想回头再看。收入此书的五十篇作品，是经过挑选的。不满意的，尽量剔除。

这些作品，都在正规刊物发表过的，有的被选载，还有的被选入中学语文读本，被设置了一些问题来为难学生，也为难了我自己。但需要说明的是，发表时，基本都是短的，是小小说，每篇在两千字左右。而收在这里的，恢复了原貌，三五千字不等，《贾诩》一篇，甚至达到万把字。当初我写作的时候，天马行空，想到哪写到哪，无拘无束，叙述更饱满些，细节更生动些，人物有血有肉，还引经据典，丰富了内容。发表时，则采取了减法，尽量往下砍，使其更简短，更容易发表。现在出书，把底稿拿出来，重新润色一下，尽量使风格统一，统一不了的，也就算了，毕竟写作跨度达十余年。这十余年，我从二十几岁的热血青年，步入中年，头发原本何其茂盛，现在却稀稀拉拉几根，面部原本何其光洁，现在沟壑纵横。人每年都在变，而且变得这么迅速，何况写的东西呢？人在变老，写的东西变成什么样呢？或者也变老了。有一个朋友看了我这里的一些作品，比如《像剑一样飞翔》《青龙刀末路》等，非常奇怪，觉得不像我的风格，甚至怀疑是不是有人捉刀代笔。我笑了。这些早期的作品，那时的锋锐，现在真的显露不出来了。这也符合自然规律。我看许多作家的作品，各个时期的风格也不统一，差异甚远。比如汪曾祺，青年时也会写些意识流或怪诞的东西，及至老年，每篇都似陈年老酒，拙朴中透着老辣的香味。孙犁早年文字清新优美，到了老年的芸斋文字，则淡得不能再淡，是谓"老年文章"。我不能与这些大家相比，也未及老年，但希望能以真实的文字与读者见面，而非虚头巴脑。

　　我最初接触三国，是听袁阔成先生的评书。那时读小学，每天放学第一件事，就是打开收音机听《三国》。父母怕影响我功课，总是严加阻止，常常把收音机藏起来，我就跑到邻居家去听。这一来一去，反而耽误了更多时间。父母又禁止我去别人家听，把我关在家里。我不吃不喝不看书不做作业，甚至想给中央人民广播电台或袁阔成先生写信，后来觉得人家忙着录书呢，也没时间回我的信啊，就没写。好在父母后来允许我听《三国》了。因为我在学校的晚会上说《三国》，受到老师的表扬。我父母一想，听书对作文也有好处，就让他听去吧。就这样，我把《三国》陆续听完。听书不过瘾，我还找来原著对照着听。如此，印象就深了，对里面的人物、故事，就非常熟悉，为以后的再创作，奠定了坚实基础。

　　那本原著，并不是我买的，而是借一个亲戚的。亲戚不肯借，说，你借了也看不懂。我说，我懂。亲戚说，那我考考你，你知道刘备帐下五虎将是谁。我张口就说，关张赵马黄是也。亲戚又说，关公屯土山约三誓，约的是哪三誓。我略一沉吟，说，降汉不降曹，善待两位嫂嫂，但闻大哥

刘备下落，立刻辞去寻找。亲戚说，好吧，借给你看，看完还我。我高兴得要跳起来，因为有了这本书，我就不必要天天上课都不安稳，想着评书里下一回是什么了？问题是这本《三国》还没看完，就被老师收去了。老师说，你《三国》讲得头头是道，你有书吗？借给我看两天。我以为他借两天就还的，没想到他一借不还。我找他要，他说，放在办公桌上，不知被谁拿去了。我说，那怎办呢？我这也是借的啊。他说，难道让我赔你不成？我倒是想让他赔的。后来亲戚跟我要，我只好说弄丢了。亲戚将信将疑，也没办法。问题是他还有那么多好书，比如《隋唐演义》《西汉演义》，再也不借我了，让我恨得牙痒痒。后来到高中的时候，买了一本《三国演义》，放在枕头下面，没事就翻看，一直翻了六七年，翻烂了。后来又买了一本《三国》，一直读到现在。

上个世纪的九十年代，我从学校毕业，成为一名银行职员。在乡镇上班的日子极其孤独。上班数钱记账，下班大门一关，就不允许再进进出出，因为里面有金库，要守库。除了看看电视，无事可干，就找些书来读。读得多了，就想写一些。当时读到河北李景田的一些历史小小说，觉得很有意思，想到自己也有很多想法，闲着也是闲着，不如写出来。就是在那个时候，我开始写小说。由于刚进入社会，阅历浅，就在三国人物上做文章，一口气写了十来篇，有许攸、庞德、荀彧、陈登等。分组投出，陆续在河南《百花园》、河北《当代人》等刊物上分组推出，其中以许攸那篇最受关注，获得了当年的小小说优秀作品奖。初一试刀，便受到多方鼓励，不由热血沸腾，趁势又写了一些，也都发表出来。后来，我拓宽视野，又将笔头转向其他题材，比如城市和乡村，三国小说写得就少了，每年几篇吧。积累起来，有了百余篇。有些篇目收在不同时期的小说集里。有朋友说，你该出一本专门写《三国》的书了。我也有此意，但总是惶恐。五年前就有几次机会，我能够把它拿出来结集出版，但觉得不够充实，便一次次搁浅。这几年间，我没敢耽搁，静下心，又写了一些，替换掉一些旧篇章。直到现在，终于出来了，算是基本满意。

对于《三国》的理解，我始终觉得自己是粗浅的，以前也在一些文章中发表过自己的见解。吴宇森执导的《赤壁》、高希希执导的《新三国》播映时，有记者对我进行采访，我说出了自己的一些看法，这里就不再赘述。

我写了《三国》这么多人物，大多是小人物。众多的人物中，我最感兴趣的是贾诩。一个不大不小的人物。他是魏国的谋士，这个人很智慧，他虽然没有其他谋士如诸葛亮、郭嘉、荀氏叔侄那么出名，但这个人物形象很有立体感。他的性格特点、人生轨迹、心路历程有很强的研究价值。他保过几个主子，做过一些出格的事，但最终还是稳定下来，得以善终的。我一直想写一部《贾诩》的长篇，甚至列好了纲目，但因事务繁忙，生性慵懒，抑或才力不逮，一直没有写出。

如果不写长篇《贾诩》，那么，这本书出来，我就不打算再写《三国》了。这本书就是我的《三国》封山之书。一种题材，写了十几年，虽然没有厌烦，也整不出什么新花样了。整不出新花样来，那就别整了。有时间，就整点别的。啥也整不出来，就啥也别整，就歇着吧。

| 大师的境界与魅力 |

《西楚霸王》是袁阔成先生的历史评书代表作之一。录此书之前，先生因播讲了长篇评书《三国演义》而登顶了评书艺术的最高峰。同样是帝王将相、朝代更迭，与《三国演义》的气势磅礴不同，《西楚霸王》却呈现出另一番散文化的舒缓笔调。我知道，仍有一部分听众沉浸在《三国演义》强大的艺术氛围中，而最初对《西楚霸王》不甚习惯。而当你静下心来，听进去了，会更加迷醉，无法释怀。

《三国演义》是让你一听就爱不释"耳"的书，如饮醇酿，淋漓酣畅。《西楚霸王》则需慢慢品尝，如饮芳茗，满口余香。

此为袁先生最具书卷气的一部书。开书便显大家气象：

公元前221年，中国的历史进入了秦代，秦王朝虽然像炮竹一样，"当"的一声，可就完了，但是就在这一声当中，揭开中国中期封建社会的序幕，中国就从这时候起，从初期封建制走进专制主义封建制……

神秘的宫门就此洞开，历史的长卷就此展开。人物风情、野史铁闻，且听袁先生娓娓道来。此等文书，只有袁先生会说，也只有袁先生说出来才有味道。虽没有评书《三国演义》开篇"汉高祖刘邦斩蛇起义，开创了汉家四百载基业"来得高亢激昂，却相当儒雅稳重，如清风拂面，沁人肺腑。

书中人物众多，头绪繁杂，但袁先生说来却有条不紊，井然有序。秦王、项羽、刘邦、张良、韩信等，每一个人物皆非凭空出现，各有来历。

若按传统评书铺陈开来，必然是如出一辙的传奇，和尚道士、武林高手齐上阵，险象环生，神神怪怪，让人难以置信。袁先生使这些人物平民化但绝不平庸，烟火气但绝不俗气。秦王之病态、汉王之无赖、项王之霸气、韩信之隐忍，各有特点，妙趣横生，历史与演义并行，既启人智慧，又愉悦身心。诸多细节并非一笑了之，而富有哲理，让人回味再三。此书我还是在念高中时在学校偷听的，已历二十余年，可里面的许多细节至今还记忆犹新。试举一例：

秦末暴政，义军纷起。咸阳的二世胡亥，却浑然不知，依然吃喝玩乐。终于开了一个儒生会，大家都以实相告，各路义军已逼近咸阳，国家危矣。只有叔孙通说，没有什么义军，只有几个"掏包"的，不足虑也。于是说瞎话的叔孙通被封为博士，受到奖赏，说真话的儒生受到责罚。说瞎话的还理直气壮地把说真话的痛骂一顿，然后拿着奖金，回家收拾收拾，投刘邦去了。

此一节，史书是有记载的。但经袁先生的艺术加工，更加具有颠倒的荒诞、反讽的幽默。如果按传统评书来演绎，必定忠臣死谏，被绑法场，金殿动本，血溅龙案，惊心动魄，血雨腥风。编个七讲八讲，甚至十讲二十讲，依袁先生的经验，如此演绎也算手到擒来，不费吹灰之力，可那就太俗了，就不是袁阔成了。袁阔成是含蓄的，内敛的，说的书是幽默的、有味道的，艺术是严谨的、有格的、经得住推敲的，胡编乱造，他是不愿意的。这就是袁先生的书为什么会有那么多听众，如作家、学者、科学家、曲艺家、戏剧家，甚至国家领导人都成为他的书迷。因为他的书是高雅的，有品位的。

有文化的人爱听，老百姓也爱听，袁先生的书里有平民的幽默。始皇巡游天下、刘邦沛县琐事、项羽日得三宝、韩信胯下之辱等等，都相当精彩。这就是袁先生的魅力，也是袁先生在旧社会的书场能火、解放后说新书能火、文革后说名著能火，历经各个阶段都能拿出精品力作引领书坛，虽隐居多年，仍然拥有众多粉丝的原因所在。袁先生是当代评书最有力的

见证者。我想，袁先生的历史功绩最突出的有三点：一是带头说新书，让广大工农兵群众有好书听；二是提高了评书的文化艺术品位，让文化层次比较高的人有好书听；三是，创新评书的表现形式，让"评书以外"的更多听众有好书听。

诚然，《西楚霸王》的影响力稍逊于《三国演义》，但《西楚霸王》在境界上是超越《三国演义》的。在说演了《三国演义》这部重头作品之后，袁先生的心态更加平和，艺术更加炉火纯青、已臻化境，再说什么都显得轻松而游刃有余。说《西楚霸王》时，他已经把评书演员的身份搁在了一边，而是作为一个老朋友，与你谈心、聊天。他举重若轻，轻言慢语中，把刀光剑影、杀气凌空的秦末战争说得张弛有致、情趣盎然，功力何等了得。他已经不需要用评书手段来调动你的积极性了。你看这部书里，没有大段的贯口，没一句倒口，也没有用刀枪赞盔甲赞人物赞等来迎合少许听众，有的只是袁先生自己鲜活的富有亲和力的语言，来感染更多的人。20多年前，袁先生就有如此眼光如此境界，相当了不起！

《西楚霸王》出版在即，可喜可贺。袁派评书，传承数百年，到袁阔成先生这一代达到了巅峰。袁先生评书，摇曳多姿，独步书坛七十余年，是曲坛奇葩，国粹精品，值得好好研究、珍藏，发扬光大。

是为序。

白开水是饮料里的最高境界

陈玲波是我在省作协青年作家读书班的同学，长相清秀，俊雅文静。当时我是班长，担班长之名，不行班长之实。都是成年人，玩玩闹闹，当不得真。听课之余，曾组织几个老师同学去喝酒唱歌，陈玲波唱了两首，当时我喝多了，又不会唱歌，就在一旁做听众，大口喝酒，高声叫好！她唱的什么我记不得了，但感觉她的台风很好，大方自然，她的歌喉不错，清新婉转。唱完了，并不与人多言，而是静坐一旁嗑瓜子，吃水果，偶尔也叫一声好，并响应别人的敬酒，落落大方，礼貌不失风范。

读书班期间，我对陈玲波的印象是：稳重，安静，真诚。除了必要的沟通交流外，她不说多余的话。她是真心想来学点东西的，没有夹杂文学之外的私心。

读书班一共七天，包含三天的采风。陈玲波没去采风，提前回去了。她说她班上有事。当时我不知道她上的什么班，怎么这么忙。后来才知道，看上去大学刚毕业腼腼腆腆的她，已经在徐州的一家国企任人事经理，岗位不一般，责任很重大，虽说无权定人事，但大大小小前期后期的程序都要经她的手，能不忙吗！又想，三十岁就混进单位中层管理，得花费比别人多多少倍的努力啊。这个女子不寻常呢！

那个读书班，散了也就散了，各奔东西，自奔前程，一开始热闹了几天，再下来相互鲜有联系。能联系的人少了，联系着的人相互话语也少了。最后沉淀下来，还能联系说上话的，不过三四人，陈玲波是仍跟我保持联系的其中之一。偶尔在QQ上招呼一声，相互说说近况，并就最近发生的一些国内外大事小情发表一些看法。话题宽泛，文学居多。

她叫我老大，我叫她兄弟，这当然有戏谑的成分，但也说明我们很看重这份友谊。

她说，老大，你看到某某的文章了吗？你觉得如何？

我本不会说话之人，常常是头上一句脚下一句胡乱说一通，而她很有见解，一件寻常小事，能编排个一二三四五来，引经据典，条理分明。我敬佩她懂得多，见解深刻，论人论事都很客观，不偏不激。在细节的把握上，也相当有功夫。别人没注意的事情，她注意到了，别人想不到的心理，她洞察到了。敢情，人家是人事经理，能把那么复杂的人事安排得妥妥帖帖，其他还有什么事理不清的呢？

虽身在职场，她却没有在职场中迷失自我，仍保持独立人格。这是她的智性，也是我敬佩她的原因之一。冷静，不浮躁，遇事三思而后行。最大的信任在自己的心中，而不是别人的表面。所以，她说话行事都有原则。在原则中坚守，不受私心杂念左右。社会如此芜杂，她能做到这样真的不容易。她谈到一个女人，言语中有敬意，认为这个女人好，为什么好？她的理由是：拿得住。怎么个拿得住？面对一些复杂的人和话，她能判断是非，闻其言识其心，是否回应，回应必得体。她谈到一个女人，明确表示不喜欢，她的理由是：拿不起。怎么个拿不起？矫情，轻信，丢失自己，说跟年龄不相称的话，做跟身份不相称的事。说到底，一个女人，要珍惜自己，要有足够的平常心，在工作中，在生活中，都要做到宠辱不惊。

这是一个智性女子。但智性只是她的外衣，我感觉，她的内里还是单纯的。这从她的作品中可以看出来。特别是她早期的作品。许多还透着学生气。好在学生气，让我们看到一个本色的她。

我喜欢她的一些小散文，字字句句都是真实的人生感悟，闪烁着思想的火花。

她说：每个人心里都住着一个恶魔，你自己掌管着钥匙，放不放它出来是你自己控制的事。

她说：人一时或偶尔真性情并不难，难的是几十年过去岁月浸染多年仍能有一颗纯洁柔软的心。这样的人若有，值得敬仰。

她说：一个人被本来毫无关联的另一个人信任，是需要有被人信任的能力的。对一个人最美的赞扬，莫过于对其无条件的信任。

我认真读了她的一些小说，有两个短篇是读书班后写的，可以看出她思考上的日益成熟。正如她所说：小说和生活是两码事，从美学角度讲，耐琢磨是文字艺术性的需要，而生活不同，需要有化繁为简的能力，把生活过成小说，那是自我折磨。

生活需要有化繁为简的能力！可是在物质富有的今天，我们的生活为什么越过越累，精神颓废，信仰缺失，灵魂空虚，思想苍白，是因为我们不仅没有化繁为简，而是习惯于把简单的事情搞复杂，并以之为能事。一切皆有规则，一切又皆无定法，如魔术师手中的幕布，在人前一晃一动间，机关安排，该没的没了，该出现的出现。我们戴着复杂的面具，揣着复杂的内心，在欲望的世界里如鬼魅般躲闪或堂皇行走，见人说人话，见鬼说鬼话，满嘴说的是情，满心想的是利。而本真简单的生活方式被当作破衣烂衫抛弃得越来越远，甚至无处存放。加缪说，光活着是不够的，还应该知道为什么活着。我们为什么活着？这个问题让我们迷惑不知所措。仿佛我们活着就是为了相互间做一个永无休止的游戏。我们竭尽全力把简单的事情弄复杂，然后再想尽办法去解决这些复杂的事情，循环往复，乐此不疲。乡村人想走进城市，街市如昼，流光溢彩，灯红酒绿，歌舞升平，充满诱惑。城市中人日复一日地工作忙碌，应酬不暇，他们可劲地折腾，把简单搞得复杂，让自己呼风唤雨，吞云吐雾，活在权钱色的欲望和价值中，可热闹喧嚣的表象下难以掩饰苍白的底色、孤独的内心，亲友相聚，刚放下酒杯，就把头埋下来玩弄手机，而手机里上百个号码，却没有一个能在夜深人静时诉说孤独。所以，他们中的有些人向往乡村，清流淙淙，炊烟袅袅，日出而作，日落而息，自在清心，心无挂碍。但乡村不属于他们，他们的身体已经离不开城市，离开城市他们会更加孤独，他们需要在城市里生生不息，折腾不止。

陈玲波的小说让我们在洞察人性之后，回归简单，心地澄澈，殊为可贵。

她的观影札记也很有特点。我注意到，她评的大多是老电影，还是我们高中生时看的电影，比如《滚滚红尘》《大红灯笼高高挂》《青蛇》等。可见她并不一味追求时尚，而是执着崇尚经典。

陈玲波要结集出版她的文集，嘱我作序。兄弟之事，老大本不应推辞，但还是诚惶诚恐推辞再三，因为实在不知写点什么，只好回忆一些我们的交往，写下一些印象。

读书班后，我曾三次去她的城市。一次是省作协苏北片会。片会上有几个读书班同学，本意是读书班的同学聚一聚的，她做东，但时间匆忙，事务繁忙，就没有给她这个机会。另外两次都是工作，我没有告诉她。该说的话都在QQ上说了，见面喝茶吃饭，也不见得能说出啥来。

不如就着一杯白开水，偶尔在QQ上闲说几句。

陈玲波说过：白开水是饮料里的最高境界。

是的，能把白开水喝出滋味的人，真的达到了最高的境界。

我们能达到这种境界吗？

是为序。

| 换个角度看历史 |

网络词汇更新不断，如今流行"二代"，官二代、富二代、贫二代、红二代，好像还有黑二代（黑社会）、文二代（作家），我想"皇二代"也并不是黄如一的原创，应该早在网络中产生。黄如一把"皇二代"集中起来亮相，加以点评分析，前后比较，有理有据，呈现给我们一部鲜活的通俗可感的历史画卷。

由于历史环境不同、人物性格差异，再加上一些偶然因素，历史上的"皇二代"命运也各自不同，有的成就了一番事业，彪炳史册，名垂千古，有的命运悲惨，令人唏嘘，甚至成为千古笑谈。

煮酒话太宗。最出名、最成功的太宗莫过于唐太宗李世民。小时候听评书《隋唐》，那个英俊潇洒有道明君的小秦王形象呼之欲出；看电影《少林寺》，十八棍僧救唐王，可见唐王多么深入民心；历史课本上，不仅有大篇幅的文字说明，还配有唐太宗一幅正冠全身像，端庄威严。贞观之治，开启大唐盛世，"载舟覆舟"的至理名言，劝谏纳谏的千古佳话，等等，都在我们的心中树起了一座丰碑，颠扑不破。他在很多人的心中，成了太宗的代名词，以至于我看到《煮酒话太宗》的黑底白字的书名，以为说的就是唐太宗，却不料是多朝的太宗。

煮酒话太宗，不是罗列历史，而是全新解读历史，探究历史真相，不是让太宗们身穿同样的服装，整齐划一地做集体舞，而是在历史的舞台上各亮其相，各展其能。黄如一以自己的胆大心细、缜密思维，给了我们许多新鲜的阅读体验。历史上最悲剧的太宗是谁？秦二世胡亥。他的最大悲剧是把本不属于自己的悲剧硬抢过去了。当然这不能全怪他，怪的是"指

鹿为马"的佞臣赵高，是赵高把这位不宜做皇帝的公子推上了皇帝宝座，不料宝座之下，是蛇窟，是刀阵，是万劫不复的深渊。孔子曰："德薄而位尊，智小而谋大，力（小）而任重，鲜不及矣。"于是，这位德薄智小力小的二世皇帝，成了佞臣的一颗棋子，提心吊胆地卧在棋盘上，拨一下，动一下，最终逃脱不了棋盘被推、棋子被毁的悲惨下场。黄如一的过人之处，在于突破常人的习惯思维，给胡亥开脱，一针见血地指出：秦朝的灭亡，不能都归罪于胡亥，他不过是一只替罪羊。秦灭六国统一天下的丰功伟绩全部加在了秦始皇的头上，但他留下的祸根，却要后人去买单，别说公子扶苏，就是始皇再世，也阻挡不了农民起义的暴风骤雨，也逃脱不了王朝灭亡的历史大势。

由此我们想到，历史就是历史，虽然有许多偶然性，但偶然中蕴含着必然，如果不是这个导火索，还会有另外的引火线。总之一触即发，一发不可收拾，势如破竹。很多时候，我们用个人感情去想象历史在某一刻会转向相反的轨道重新演绎。比如如果不是赵高弄权胡亥篡位而是扶苏即位实施仁政，是不是就没有四年的楚汉相争，而扶苏会成为一代明君；还有，如果不是秦桧害死岳飞，岳飞就可以乘胜北上直捣黄龙府，历史上的南宋会不会强盛地多延续几百年，还有，如果不是吴三桂引清军入关，李自成会不会在北京站稳脚跟，大顺朝就会延续下去，就没有后来腐败的清王朝，等等。且不说历史不能假设，就是假设成真，历史还会向同一个方向顺流而下浩浩汤汤地发展，任何个人都阻挡不了。

黄如一初生牛犊不怕虎，不人云亦云，敢于在历史的迷宫中进进出出，不被迷惑，从自己的角度大胆对早已被人们所接受的历史进行质疑。他不是故作惊人之语，而是论据翔实论证严谨。还是唐太宗，千百年来一直是贤明之君的杰出代表，是后代皇帝的榜样，可在黄如一的笔下，却有着不为人所知的骗局，他的盛世之名，其实难副，很大程度得益于篡改史实，作虚假宣传。胡适先生说，历史是任人打扮的小姑娘。所谓的正史许多都倾注了写作者的好恶，还有当政者的干预。一部《史记》人物形象呼之欲出、细节饱满生动，绘声绘色，被称为"无韵之离骚"，完全是一部文学作品，前朝之事很多都是后人传说，当朝之事又夹杂了太多的个人情感，可信之处又能有多少。而历代皇帝为了树立仁德之君形象，对能写进史书的东西，都是有所选择，把不利于自己的东西尽量剔除，所以，我们看到的历史是被人"打扮"过的历史，已经不是历史原貌，而是面目全非，姑妄听之罢了。所以，所谓的今人论史，百家讲坛等等，也都是自说自话，就好像评书演义里的评一样，主体都不成立，只能以讹评讹，说着玩的，不要当真。既然别人能说着玩，我为何不能？于是，本书中呈现出来的，多有游戏之语，亦真亦假。其实读者不用甄别其真假，在今人的眼中，历史已经没有绝对的真相，有的只是疑似真相。所以，黄如一不是重述历史。历史不是自己的，是史书上早已记载了的，但鲜明的观点必须是自己的，游戏之语必须是自己的，看历史的角度也必须是自己的。

　　是啊，我们为什么不能换一个角度看历史呢？为什么要跟在历史后面瞎起哄呢？一句假话，被人传了十遍百遍，便是真的了，而真话却成了假。这样的事例不胜枚举。那我们为什么要把别人的假话重讲一遍呢？不如自己再讲一个假话，说不定这个假话歪打正着，倒是真相，或更逼近真相呢。我们以三国为例，同样是皇二代，魏曹丕、蜀刘禅、吴孙权给后人留下的印象各不相同。魏曹丕因为成功即位，又是"建安三杰"之一，虽然有篡位之实，但也颇具雄才。吴孙权在三者当中最出色，他在位时任用贤才，做了许多大事，特别是赤壁之战用周瑜、夷陵之战用陆逊，大败曹操和刘备，再加上曹操一句"生子当如孙仲谋"，让孙权的形象更加高大，虽然在《三国演义》因为刘备与曹操两个一正一反的主角而对他着墨减少，甚至边缘化，但历史上却是非常成功的政治家。最惨的要数蜀后主刘禅，软弱无能，是"扶不起的刘阿斗"，他信宠宦官黄皓，多次召回眼看就要北伐的诸葛亮，使之功亏一篑，最后亡了国，留下了"乐不思蜀"的千古笑谈。那么，我们换个角度看刘禅，刘禅未尝不是一位成功者。他在位虽然没有什么建树，却也没有什么过错。诸葛亮七出祁山伐魏，很多

方面是个人英雄主义，实在没有从大局考虑，导致的后果是使西蜀国力空虚，无法复兴。西蜀降晋是大势所趋，是顺应潮流，也不能全部归罪于他。这个看似窝囊的西蜀皇帝在位期间，没有发生任何逼宫事件，倒是魏国和吴国，为了争夺皇位，经常刀光剑影、血肉横飞，曹操的后裔多被司马氏杀死，吴宫里也多次吹起政变的号角。如此说来，"安乐公"刘禅一生安乐，不失为一种大智慧。

《煮酒话太宗》，贵在换一个角度。从这本书中，我看到了这个年轻人"单枪匹马闯连营"的精神，看到了他"万马军中取上将首级"的能力，更看到他别具一格"置之死地而后生"的看历史的角度，透过历史的层层迷雾，看到的是别样精彩，哪怕这种精彩是在娱乐和游戏中产生，也足够了。

我们为黄如一这样的年轻人的精彩表演大声喝彩！

《初恋》真相

金麻雀丛书近日上市，我的那本就叫《初恋》。秦俑定的，他说，这名字虽然简朴，但能勾起读者对往事的记忆，再说，是你的代表作。

《初恋》是什么时候写的，应该是2004年底。我是个懒惰的人，无记事之习惯，样报样刊零乱散放，懒得回头翻。但这事能记个大概，因为印象深刻。当时状态低迷，写得很少，对所写的东西没个准数，也懒得投。手头积了三篇稿子，一拢儿寄给了杨主编。杨主编看了后，很快回电话，总体感觉是：好。然后开始评点放在最后的《初恋》，又评点放在第二的《甘小草的竹竿》，都不错。最后批评了放在最前面的一篇，题目我忘了，内容也记不真切。后来那篇我放着一直没投，因为电脑出故障，又被删得干干净净，还不了魂。可见，当时我对自己的东西认识也模糊，有点稀里糊涂。

就是这篇被我放在最后的《初恋》，被《百花园》头题刊发，《小小说选刊》头题选发，后来又入选中国小说学会小小说排行榜，再后来，被选入多少种选本，我就记不清了。其实，《初恋》前后，我还写了《离婚》《大鱼过河》《甘小草的竹竿》《衣裳》《掐手》《硬币》等，但好像都被《初恋》或高或低地淹没了。后来，我在一次笔会上遇到了著名评论家汪政的夫人——著名评论家晓华，我送给她我的一本书，书里的第一篇就是《初恋》。第二天，她对我说，我读过《初恋》的，小说学会评奖时，我是投了你的票的。那是2008年秋天的事儿。

不得不提的是，《初恋》刊出后，曾经引起不大不小的争议。有一位读者在小小说作家网上撰文对其中的一处与年代有关的"硬伤"提出质

疑，一部分网友积极响应，甚至对编辑提出声讨，让我一度非常沮丧。我不再想评价网友对《初恋》硬伤的反应。但我想说的是，《初恋》的硬伤并不能武断地说明作者的创作与编者的编辑态度不严谨。相反，他们可能是相当严谨的。当我们沉浸于强大的创作与阅读状态中时，是不愿意跳出其中来计算年代的。因为，我根本就没打算把这篇小说的细节放在一个特定的年代来考究。《初恋》的背景并不局限于一个年代，也并不局限于哪一个人，它是平民的，大众的。选取的几个场景，都是我跟我朋友的成长缩影，那是我们所熟悉的，是非常真实的生活。而《初恋》的整体表现形式，却不是真实的生活，而是一个寓言。

这就是《初恋》刊出前后的一些事儿。再往前叨扯，我来说说《初恋》是怎么写出来的。

《初恋》源于我的一个朋友。这朋友爱喝酒，喝完酒，常会对我讲他的初恋美好，而慨叹现实婚姻的不幸。他动情而不厌其烦地讲了不知多少遍，我也动容而不厌其烦地听了不知多少遍，甚至也跟他一起醉了，弄得我自己也为自己感动。我常常想，也许只有我能听他的诉说了，换个别人呢？如果是他的妻子，听到他的一遍遍诉说，会是什么感觉呢？如果妻子也像他诉说初恋，又会怎样呢？——《初恋》就在这样的重重拷问中产生了。我的许多作品，就是在对现实的拷问与回答中不断迭加而产生的。

《初恋》写的并不是初恋，而是婚姻，是婚姻中痛苦挣扎的男女。《初恋》写的不是美好和纯情，而是生活的残酷与欺骗。但《初恋》的创作始终在一种感动中进行着。感动的不是初恋，不是秦皮执着的不厌其烦地叙说，而是秦皮女人在屈辱中所表现的理解与宽容。一个女人，忍耐着丈夫说着跟另一个女人的温情初恋，而且一忍就是数十年甚至是一生。这是多么沉重的代价！这需要多么大的耐力！从女人的身上，我们能看到什么？我的眼前总是浮现出朋友从年轻到衰老的模样，还有朋友的妻子在一遍遍一年年的听说中皱纹堆垒。汪政老师评点说：心灵深处的秘密和隐痛如何会在酒醉之后才真实地袒露；作者通过夫妻二人醉酒转换，表达出对理解与宽容的肯定，赞美了人世间美好的情感。他的理解跟我是暗合的。

《初恋》写到最后，也不是初恋，而是黄昏恋，很温馨的黄昏恋呀。这出乎我的意料。因为那阶段我的小说结局整体呈灰色调，不是死亡就是出走。而乍乍出现这么美好的结局，我自己都有点小别扭。这是一个谎言。正如很多人都说初恋是怎样怎样美好，也是一个谎言。这个谎言不仅欺骗别人，也欺骗自己。正如我自己也会说初恋是美好的，那也是一种欺骗，欺骗中充满了尴尬和矛盾。在最近一篇的创作感言中，我写下了这样一段话：

> 小说不是彬彬有礼的程式化的接待，也不是高朋满座的盛宴喧哗，而是三五知己"红泥小火炉"无拘无束的酒话，杯来杯往氤氲着生活的芳香、意蕴和老辣。小说不是婚姻之中的猜忌与经营，也不是婚姻之外功利性的性爱游戏，而是恋人间窗前月下的蜜语，耳鬓厮磨传递爱的新鲜、青涩和浓烈。所有的形式和语言都在细微中传递着贴近心灵的自然温润，盛开出蓬勃饱满的感性之花，回味无穷，绝不是自视高贵者拿腔作势的故作优雅。

这一段话，跟初恋一样充满了矛盾和欺骗。

姜 桦 印 象

　　我跟姜桦是同乡。二十年前，我在灌河岸边的响水中学读书。当时，诗人姜桦的父母就住在学校家属院里。父亲在师范学校任教，母亲在家里开着一个简单的"面馆"，许多同学下晚自习三三两两地去吃一碗热汤面，经济实惠。姜妈妈很朴素，笑眯眯地看着埋头吃面的学生，仿佛看着自家的孩子。她总是一再追问，再加点汤吧，热乎乎地吃下去暖和呵。有一次，她说起姜桦，很骄傲地说，今天回来，写了好几张纸毛笔字。似乎她还找一本书给我们看，那上面选了姜桦的一首诗，好像是咏春的，记不真切了。

　　我们很少看到姜桦的父亲，只有一次，我们正吃着面，姜桦的父亲从屋外进来，大声说：同学们好！还没等我们回答，他已经进了里屋。过了一会儿，又从里屋出来，问，高几啦？我们说，高三啦。老人点头，说，紧锣密鼓呵！

　　去年，姜桦请客，他的父亲也来了，老人家还像以前一样声若洪钟，侃侃而谈，不时爆出两句幽默来，逗得众人哈哈大笑。那时候，我的脑海里回想起二十年前热气腾腾的汤面，感慨万千。

　　在2007年之前，姜桦只是作为一个诗人的符号在我脑海中存在着的，我与他见面不多，偶尔只在作协会议上碰个正脸，见面却不多谈。2007年之后，我到盐城上班，联系就多了起来。2008年的春天，我在《扬子江》上读到了姜桦的《铁绣红》，他说，"芦苇的根部，有我偶然发现的铁绣红，从滩涂的远处从海堤蜿蜒的另一边那条曾经无比清澈的小河，一根行将折断的大地盲在平阔的滩涂上——蠕动。"那一刻，我的心无由地蛰痛起来，最后张开嘴大声咳嗽。遇到姜桦的时候，说起铁绣红，姜桦面色凝重，说起家乡的化工污染，说他在垂钓间隙的发现。姜桦的诗人的责任心由此可窥一斑，让我敬佩。我知道诗人不仅仅是风花雪月、无病呻吟、高唱颂歌，更重要的是在关注民生中体现社会责任。

《铁绣红》只是一个引子，它牵引着我能有机会集中阅读姜桦的作品。现在，我的手头放着他刚刚赠送的最新出版的《灰椋鸟之歌》，一本很厚的书。用我习惯性的赞语，这是一本很大气的书，无论从装帧设计，内容编排，都可以看出作者的一片苦心。有人常问我，你们写小小说的，是不是很注重精巧。我说不是，这是对小小说的误解，小小说也需要大气，而我看重的，正是小小说的大气。我喜欢看像汪曾祺等名家的作品，正因为它大气，他的《陈小手》可以抵得上一个中篇的艺术含量，这正是小小说的魅力。诗也一样，虽形式短小，但内容却不能看小。因为这些文体本身就小，作者再往精巧里写，显然让这种文体更加小了。所以，我们要自觉地写得大气，让每个字都活起来，会说话，让文学的韵味绵延舒展些，让读者的思绪更长远些。姜桦的这本书，虽然很细，描写的都是小人物的情感，可是他的写法很大气，很有冲击力。陈忠实把《白鹿原》称作自己的枕头，我想，这本书也应该是姜桦的枕头，以后的每一个夜晚，当姜桦工作或写作累极而不能入睡的时候，可将这本书放在枕边，我想他会睡得很踏实很香，因为这是诗人上半生最重要的情感，这些情感曾使诗人的热血沸腾，而经过多年的沉淀，他的心绪应该平静，灵魂应该安妥。岁月匆匆，如千年百年的风狂雨骤，冲洗了多少棱角方圆，而姜桦却永远如风中怪石般棱角分明黑夜奔马般狂放不羁。

这是我看到的姜桦的第一本书，自然读得仔细。而事实上，姜桦的作品决不可以粗犷而读的，一定要仔细读才能读出其中况味来。我先读他被称作"心中的牧场"的散文，正如封底所说，这里有滩涂湿地的自然风物、黄河故道的乡村景象以及孤独童年的心灵记忆，点点滴滴，铸成了一个游走于现代城市却啜饮着乡土精血的写作者的血肉灵魂。读了十几篇散

文，才渐渐品味到此人为何会那么自负。他写得确实太认真了，虽然文学只占据了他身心的一部分，而这一部分却很坚实，寸土不让，也从未褪色过。十几篇作品，亲情、友情、乡情，交织其中，笔法都是那么细腻，情绪又是那么饱满，堪称语言与情感的完美结合，文学与人性血脉相连丝丝不断。可以看出，散文如诗，充满灵性和美。每个字都经过推敲，每个句子都是经过锤打的，而不是在酒席宴间即兴发挥胡乱组合应差了事。

人和人之间是有感应的，字和字之间也有感应，天地万物皆有感应。生活因感应而神秘，神秘中流露着真情。在献给祖母百岁诞辰中，姜桦满怀深情地说，"时光犹如飞雪，它在下。我写下这几个字，还没来得及将它再重新念上一遍，一场大雪便真的下了起来。""从几百年的祖宅，从从前，到现在，到将来，一场雪，一匹时间的奔马，我相信，它奔向的是一个连云彩和星辰都够不着的地方。"在《寻找大声的父亲》中，姜桦说："多少年来，父亲说话的声音一直很大，但正是那震撼人魂魄的声音，包容了一个平凡的父亲充满了生命激情的最广阔的胸怀，也包容了他的最细微丰富的内心！"在《背光的花朵》中，姜桦开篇即说："我写下背光的花朵，恍惚中听见背后有一些响动，抬起头，睡在隔壁的女儿不知什么时候已经站在了我的身边。""对，活下去，顽强、快乐、幸福地活下去。活下去，那就是我们的指望。"读了这样的文字，我深为作者的情感所打动，不禁潸然泪下。同样，写文友的几篇作品，如《你是小溪你是大海》《我的彝人兄弟》等作品也让人动容。姜桦的眼光很独，他能在极短的时间内走进一个人的内心，抓住一个人的特点与细节，他笔下的几个人物性格喜好各不同，绝无雷同之感，展示了作者超乎寻常的洞察力。我说过，姜桦是我的同乡，那么，姜桦笔下的故乡与我的故乡是同一个载体。灌河村落，川田宽阔，青蛙欢鸣，草香味的淮剧，如此种种，姜桦的记忆里有我童年真实的梦之境。姜桦说，乡村是可以朗读的，但更多的时候只需要默念。这种对于乡村的依恋与抑郁令人神伤。姜桦的每篇作品都有很强的感染力，读来让人有挥不去的惆怅。只有一篇《醉眼看人》，风格特别，用的是诙谐语调。在生活中随处幽默的姜桦作文认真到极致，不敢轻浮调皮，而无丝毫幽默感，因此读来并不轻松，《醉眼看人》是个特例，也最为生动。姜桦已历中年，已经到达人生的一种最佳境界，我希望他的作品能和做人一样多一些幽默与轻松，用轻松幽默来表现愁苦无奈才是做文的大境界，而不是一定要在诗性语言上下功夫。乡村的优美的歌声让人沉醉，而乡村智慧的表达与发现更为可贵、更能触摸人的灵魂、更能显现人性关怀。对语言的执着追求是姜桦的长项，但过分追求则会伤害文学的内涵，同样抒情也是如此，过分抒情则会使情感枯竭。

作为同乡，我期待着他迈出勇敢的突破性的步伐，完成脱胎换骨般的"嬗变"，走向文学更为宽阔的天地。

大自然的牧神

每到一个城市，我都要逛逛那里的书店，并在那里买一本闲书，作为纪念。

那年去南京，在旧书店里买了一本《普里什文随笔集》。那时候，我对普里什文还无多少了解。谁知，买来后，这本随笔集，竟成了我的枕边书，每晚睡前，随意读几篇，一天积累的琐事杂念便涤荡得干干净净，心沉下来，和浓浓的夜色融为一体，自己，成了夜色的一部分，一夜的觉也睡得特别安稳。偶尔出游，我也总把这本枕边书带上，不一定有时间看，也不一定非得看，但，只要带上了，便觉安稳。

也许，从那时起，这本书就成了一本慰藉我心灵的书。

在俄罗斯文学史中，普里什文有"伟大的牧神"的称号。书上说，牧神是大自然的化身，是人、神和自然和谐统一的象征。用大自然来慰藉心灵，心，不知不觉中抵达另一番境界，高远，旷渺，幽静，如暮色四合一般，心也贴合到大自然的幽深高渺处。也许，这便是她让我为之着迷的缘故。后来，我收藏了普里什文的全套书，才知道这本随笔集是作者晚年著作《大地的眼睛》的选录本。大地，睁开了眼睛，在低微处，以卑微、仰视的角度，观看大自然，自然万象无不尽收眼底。普里什文有着一双大地的眼睛，他看到了很多自然细微处，一直在发生着的，可不曾有人注意到的微象，并且，将大自然和人紧密联系在一起，让我们知道，虽然，人的智慧一直在生发，但大自然的智慧根本就是包罗万象，无所不在。甚至，大自然的智慧远远高过人类。只是更多时候，我们并不懂得这个道理。一旦懂了，我们就觉出自身的小，对大自然的敬畏之情便油然而生。

普里什文的这本书有这样的功效，捧着她，不拘前后，翻看两页，心便静下来，安了。似乎看着看着，不知不觉中，心，被作者的文字引领，感受到另一番境界，触及平常触不到的高度，那里深沉、静谧，灵魂缓缓上升，对自己、自然，以及生命的理解都有了升华。这便是人与自然和谐统一了吧。普里什文手中的笔，就是放牧者手中的鞭子。他扬起鞭，我们这些读者，就被他牧进了大自然，如同羊儿身处大草原一样，我们融身其中，对大自然有了更为深切的理解，似乎也有一双眼睛睁开了，看到了大自然，看到了平常看不到的东西。

不读普里什文，也许不知道自己与大自然贴得那样近，不知道自己本身就是大自然微不足道的一小部分，不知道我们就是自然，不知道我们还能从大自然中得到那么多启迪。我们只是生活着。活着，活着，就把自己拔高，高于周遭的一切，远离了自然。远离了自然的人，就不那么自然了。心中杂芜丛生，稍有风吹草动，则心绪难宁。想要和谐，就不那么容易了。

星空下的旷远

此刻有谁在世上某处哭	无缘无故在世上哭	在哭我
此刻有谁夜间在某处笑	无缘无故在夜间笑	在笑我
此刻有谁在世上某处走	无缘无故在世上走	走向我
此刻有谁在世上某处死	无缘无故在世上死	望着我

看了上面这首小诗，你想到的是什么呢？

我随手翻一本书，看到这首小诗。书上，只单单引用了这首诗，连诗作者都没有注明。如果你喜欢她，自然会被她吸引，如果不喜欢，则任她过去。

被一首诗打动，就是一瞬间的事。爱上一个诗人，则是一生的事。

虽然，我是个粗疏的人，却也喜欢诗歌，容易被诗歌打动。就像有一回，我偶然从网上看到这么几句"……你因梦想而在这个世上受苦，/就像一条河流，因云和树的倒影不是云和树而受苦。/……/你是刮在黑暗中又消失了的风。你是去了不再回来的风。/……"立刻爱上了波兰诗人切斯瓦夫·米沃什一样，这回，我因为这首著名的《严重时刻》，知道并爱上了德语诗人里尔克，费尽周折买来他的一本诗集，林克译的《杜伊诺哀歌》。

作为一个读者，他总是博爱的。博爱，让他丰广。

前面说了，我是个粗疏的人，虽读诗，却不敢写诗，更不敢评诗，只是常常被一首首诗歌打动、震撼。一首诗也许是小的，但她在人心里产生的力量，或是浓重的哀愁，却无可限量。

现在，我闭着眼睛，仍能想起里尔克的《挽歌》。这首诗，自读她之日起，她散发的忧伤情绪便时时萦绕着我，久久挥之不去。那是一股轻淡，

却深沉的，来自死亡的忧伤，如重重浓雾，氤氲心头。"一个时辰以来多了一个物/在地球上，多了一个花圈。"由此，引出了死亡。常春藤，本身是轻的，明亮的，象征生命的。当常春藤被编扎成花圈，她就因为死亡，变得异常沉重了。这重，在心里，在手里，在眼里，在浑然不知的感觉里，手中的常春藤一圈圈被绕扎，她变得沉重。因为悲伤，因为沉重，托举这花圈的力量也没有了吧。原本，常春藤是轻盈、明亮、象征生命的，现在，因为她成了一个花圈，通向死亡，通向无尽的黑暗的死亡的花圈，这常春藤充满了幽暗，仿佛"饮入了许多未来的黑暗"。多么漫长、暗无天日的死亡之黑夜啊。什么在远去，什么将不再存在，早已注定的死，在生被决定之前，已经被注定了的死……诗人如水一般流溢出来的诗句，镌刻着永恒的哀愁。

诗人，都是敏感的，陷在自己的感觉里。里尔克是纯净的，忧伤的，对世界的理解，是体贴入微的。他的思想里，注满了悲观、孤独的琼浆。孤独，对常人来讲，是可怕的，但在诗人这里，恰恰相反，是他赖以生存的，他在孤独里饮生命的琼浆。这琼浆，在他的诗歌里喷涌。从树叶飘零到万物沉坠，从贫穷到死亡，从对生的怜悯到对死的彷徨……始终存在着。

读到他的一封书信，其中有这样一句话："……你身边的都同你疏远了，其实这正是你的周围扩大的开始。如果你的亲近都离远了，那么你的旷远已经在星空下开展得很广大；你要为你的成长欢喜……"里尔克的孤独就是从这里开始的吧。一个人，于是，他成为旷远。忽然想到，我身边的也都渐渐同我疏远了，我在星空下的旷远开展得有多大了？

莫言跟咱没半毛钱关系

那天晚上，我跟一个文友在一个小酒馆里，点了两三个菜，拿了一瓶酒。菜上齐了，酒斟满了，却不吃不喝，文友拿着手机不停地翻，说，还有几分钟，七点钟，就要公布诺贝尔文学奖了，且等待片刻。于是我们一时沉默，他看手机，我看窗外。几分钟后，他说，好了，吃吧，喝吧。我说，怎么样？他说，瑞典文学院宣布，将2012年诺贝尔文学奖授予中国作家莫言，他说莫言的"魔幻现实主义融合了民间故事、历史与当代社会"。

为莫言获奖干杯！我们举杯相庆，喝酒，吃菜。这场小聚，因为莫言获奖而层次上升，意义重大。当然，在山东高密的莫言，已经裹在热闹的旋风当中，根本不会想到在苏北盐城的小酒馆里，有两个他老人家的粉丝，在为他举杯相庆。

就在我们举杯相庆的同时，全国人民都在欢呼，热议。南京的作家鲁敏正在参加一个非文学的聚会，得到莫言获奖的消息，便向在座的人告知，在座的人并没有表现得多么热烈，只是礼貌地提了几个问题开了两句玩笑，然后继续原来的话题。

莫言身价倍增，名声大噪。一时全国沸腾，各大网站，个人博客、微博等都争相转载这一激动人心的消息，城市乡村，歌厅酒场，超市街巷，车下车上，识字的不识字的，写字的不写字的，看书的不看书的，上网的不上网的，出名的不出名的，凡有井水处，皆谈莫言。仿佛不谈莫言，自己便落伍了，降了身价，没了品位，会被人瞧不起。一谈起莫言，皆眉飞色舞，读过他的哪些小说，看过他的哪些文章，研究他的语言，分析他的面相，头头是道，仿佛跟莫言是文友、战友、朋友、同学、同事，或是莫

言的老读者。其实，我不否认有些人此前就读过莫言，但也有很多人就是在莫言要获奖的消息传来，或莫言获奖之后，突击在网上查了一下莫言的资料，看了莫言的相片，有耐心的，找几篇莫言的文章来读。我估计有很多人并没有耐心看莫言的长篇小说，毕竟他的叙述太啰唆了，一件芝麻大的事，能天南地北神吹海揞地扯下好几页去，这年头人都忙，谁能耐下心来读这些文字，也不当饭吃，也不当酒喝。但他们谈起莫言来，却比谁都懂，俨然是研究莫言的专家。

那几天，我的耳朵里灌满了莫言。参加市文联的一个活动，大家嘻嘻哈哈，有人拍拍我的肩说，兄弟你长得像莫言，下一届就是兄弟你了啊。我知道我长得丑，跟莫言一样矮胖，当然没有莫言有风度，跟莫言一样头发少，当然没有莫言头发金贵，跟莫言一样脑袋大，当然没有莫言脑袋里的奇思妙想，跟莫言一样嘴大，当然没有莫言的嘴会说，跟莫言一样肚子大，当然没有莫言肚子里的货多，所以我成不了莫言，莫言红得发紫，我只能安安静静写些小文章自娱自乐。这一点，咱有自知之明。有领导请我们这些作家吃饭，开场白就是：学校里面要抢着发言，作家面前不能谈莫言。接下来，他谈的比谁都多。从莫言的《红高粱》谈到《蛙》，还发表了自己的看法，那意思，别看我不是作家，我对文学的理解不比你们差。我在公交车上还听到这样一段对话。一人对另一人说，我跟莫言是本家。那人说，你别逗了，人家姓莫，你姓管，怎么会是莫言的本家呢？我们单位的老莫才是莫言的本家呢。我们这里有一个摄影师，第一时间跑到莫言的家乡山东高密东北乡，拍摄了大量莫言家乡的图片。我一个同事的哥哥，曾在保定当兵，莫言当时担任该新兵连的政治教员，曾经给他们上过政治课，也曾推荐他发表文章，停笔多年的他翻出莫言当年给他的信非常感动，写起了回忆莫言的文章，在当地报刊上发表。我的一个远房兄弟，从来不读小说，打电话给我，让我回家带两本莫言的书给他看看，他看完了，还要给上初中的儿子看，说起点要高，要看就看获得诺贝尔文学奖的小说。我说，我家还真没啥莫言的书，再说，莫言的书也不是你能看的，更不适合初中生读。他从鼻孔里哼了一声，那意思你是什么狗屁作家，连莫言的书都没有。

其实我是读过莫言的书的，不过读的不多，长篇小说读过《丰乳肥臀》（地摊上的盗版书，错别字甚多）、《蛙》（网上看的），短篇读过《变》、《师傅越来越幽默》、《透明的红萝卜》、《与大师约会》（《小说选刊》上看的）等。这些看过的书，虽然具体内容已经忘得差不多了，其中的阅读快感也消退殆尽，但对他营造的文学氛围还是记忆犹新。我还买过他的《生死疲劳》，但没有时间看，一直放在书架上。我家的书架上也有莫言的书，一本莫言的演讲集，一本莫言的散文集。这两本书我都很喜欢。我觉得莫言的演讲很大气、幽默，善于调动听众的情绪，用时下流行的话来说，叫接地气。莫言的散文也很幽默，想象狂放，天马行空。我觉得莫言是把散文当小说写了，许多事情可能只有一个影子，出于小说家的本能，或者是想把散文写得更好看，莫言虚构了一些现实，好在我早不把散文当真实来阅读，只是作为一种消遣，就像听书，看戏，甚至是电视上访谈节目中的著名艺人在侃大山，你管他哪句是真，哪句是假，听着好玩，哈哈一乐就是了，如果被感动得鼻涕眼泪哗哗下，那就大错特错了。从他的散文和演讲中可以看出：莫言狡猾得可爱。

王蒙说，把诺贝尔文学奖看得比天还高有点变态。反过来说，如果把诺贝尔文学奖看得一钱不值也有点变态。我只想说，莫言获奖是他个人的事，跟咱们老百姓真的没啥大关系。莫言自己也说，获奖是他个人的事。除了莫言本人身价大增，拿到了750万元人民币的巨额奖金，版税也达到几千万之外，中国的文学跟之前没什么两样，除了一些局外人在茶前饭后谈论一番外，贾平凹、刘震云、苏童、阎连科等一大批成就并不比莫言差的优秀作家仍然在心态平和地写作，不因为莫言的获奖就多写半个字或少写半个字。我等业余写作者，更是该吃吃，该喝喝，并不因为莫言的获奖多吃一顿饭，多喝一杯水，也没因为莫言获奖我就多买他一本书，多读他一个字。莫言身价千万，我也没得到半毛钱好处，所以莫言获奖跟咱没半毛钱关系。

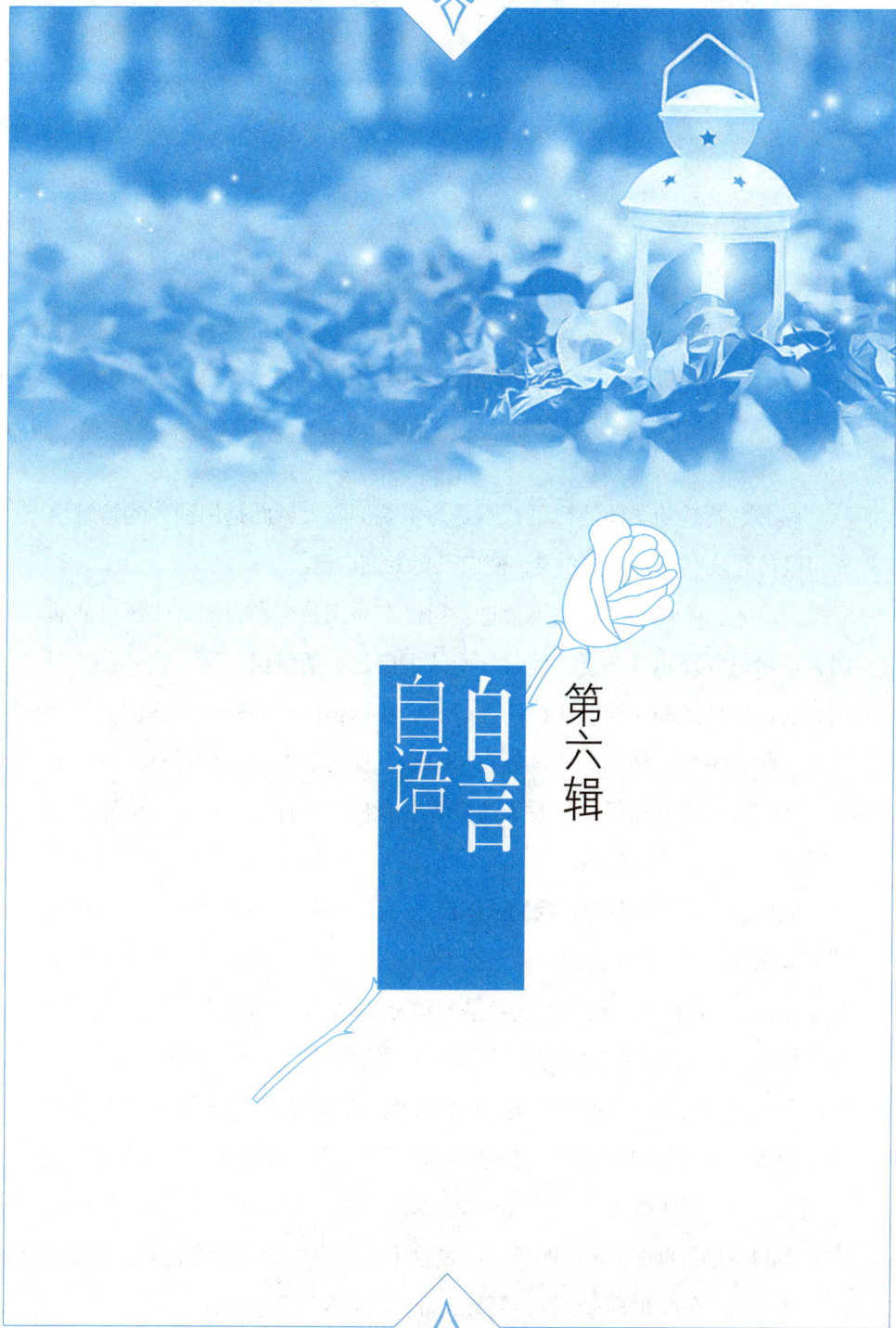

第六辑

自言自语

我为什么读书

　　读书，不是为了伪装自己，不是为了貌似强大，而是用别人的智慧填充自己贫乏缺氧的大脑和心灵，使自己更知道自己。

　　一个人，不读书时，也不会觉得自己有多么贫穷和无知。或还可沾沾自喜。可只要开始读书了，他就开始认识自己、清楚自己了。我们在认识别人、认识世界的时候，认识自己。我们在认识自己的同时，认识世界。一切事物相关联。豁然开朗，只在一瞬间。反之，如果我们只有自己，那么，我们既看不清自己，也看不清世界。我们混混沌沌，处于一个原始的自我之中。世界一片混沌。

　　我们读书，我们明理，我们认识自己，认识别人，认识世界，并不代表我们能做好自己，做对自己，做无损于别人、无损于世界的人。读书与做事之间还存在一段距离。这个距离就是一颗无私的心。如果，我们能再拥有一颗无私的心，那么，我们距离世界就近了，距离真理、距离善就近了。

　　我们常常觉得自己距离正确、距离真理、距离善，还很遥远。有时还会背道而驰。不是我们不知道，是我们克制不了来自自身的欲念。"我想"、"我要"……驱使着我们。我们被这些念头操纵，由不得自己。我们从书本中获得的智慧、真理，很多时候，只是给了我们挣扎而无果的痛苦，并没能真正帮助我。在良知面前，我们躬身而行，没有办法理直气壮。

读书让我们明理，本能让我们野蛮。我们本身，处于文明和野蛮的夹缝之中，寻找安置点。每一点都如坐针毡。淡泊、平和、宁静……是我们向往之终点。

我为什么写作

写作的人，总会被问：你为什么写作？

写作的人，也总会问自己：我为什么写作呢？如果不写，我岂不是活得更轻松，更自在？

对于写作者来说，这，也许是一段时间里常常困扰他的问题。但过了那一段时间之后，他会发现，这不再成为问题。写作，成为他的必需。不为什么，只为自己。离开了写作，他的生命，他的心灵，无处可栖。

很多人，在年轻的时候，并不知道他将走一条什么样的路，不知道他该走哪一条路，不知道哪条路适合他，不知道哪条路是他最喜欢走的，为了生活，却是一定要在生活的坡道上爬行的，无论对或错，喜欢不喜欢。在忙碌之余，在闲隙里，在夜深人静之时，在孤独彷徨之时，心，却总是在引领，比如，这时候，有些人需要点小酒，有些人需要一支烟，有些人需要游戏，有些人需要运动……空空的心，需要有什么把它填充。我呢，喜欢看书。看多了，就写。

后来，我发现，一个人一生的路，在他幼年时就已定下来了，只是在经历了漫长的求学路、求生路的迷茫之后，或多或少的忘了，当他有了闲暇，幼年时的兴趣、爱好，又悄悄爬上心头，幼年时的梦缓缓苏醒，不

管他行走在哪条道上，总会或多或少地往幼年时的那条梦想之路倾斜，或者，干脆走到那条道上去。

幼年时，我喜欢看书。那时候，家里书少啊。父母并不是爱书的，仅有的一捆书，被他们束之高阁。暑假漫漫，寂寞无边。家人都可酣睡，我独觉孤独。我常想，我的孤独是与生俱来的。孤独时，我需要书。书，可以使浮躁的我安宁，可以使空虚的我充实，可以使孤独成为享受。我就在家里淘书。淘来那一捆来，拆开捆在它身上的小麻绳，掸发去它身上厚厚的灰尘，一本一本翻看，我如获至宝，读得津津有味。至今，我仍记得其中有一本厚厚的毛泽东文集，还有一本是个忘了名的长篇小说，讲一个女奴在奴隶主残酷压迫下的艰辛生活，我深深同情那个女奴隶，几度为她落泪。三年级的我，做了人生的第一个梦，一个作家梦。那一年，我写了我人生中的第一篇以我为主人公的小说，在小说中，我发挥想象，让自己离家出走了。可是这个小说写到一半便夭折了。逃跑，离家出走，也许是很多作家的第一个人生之梦吧。但是家，并不是那么好逃的，生活，也并不是那么好逃的，那么，就逃到写作里。

在后来的很多年里，除了老师布置的作文，我没再写过什么，除了看书，再没做过一件与写作有关的事，我真的将写作这回事忘了吗？

当我把上学的事料理停当，当我把工作的事料理停当，当我把家庭的事料理停当，写作这件事，她自己找上了我。在茶余饭后，别人以看电视、打麻将、聊天、睡觉打发时间的时候，只有书本能慰藉我，只有文字，能让我的心灵插上翅膀，在别人看似的静坐里，飞翔，通向幽深、高远处。

我为什么要写作呢？只不过是我幼年时早已做好的一个梦。一个关于逃跑的梦。如今，是梦想成真的时候。只不过那时的逃跑，变成了现在的飞翔。虽然在飞翔的过程中遭遇现实和精神的重重阻力，也曾有短暂的停留和退却，但最终仍然坚持前行，无所畏惧。

| 做　　梦 |

人人都做梦，区别在于做多做少。我也做梦，不多，每梦都很乱，天上一脚地上一脚，梦一出是一出，荒诞不经，没有章法，是现实中不可能发生的事。所以醒来回忆梦中之事，往往记不周全。让我现在记述几个梦，还真有难度。

古人云，日有所思，夜有所梦。这话是对的。比如我白天坐公交车忘了投币，夜里就会梦到大把大把的一元钱硬币从天上无声地掉下来。比如我白天见到一个人，或想到一个人，晚上就会梦到这个人。当然，许多梦又都是自由的，随心所欲的，不是人能左右的。

小时候跟小伙伴们在一起玩，喜欢相互讲自己的梦。那时有一个说法，就是晚上腿弯着睡容易做梦，而且梦得比较离奇，伸直了睡一般就没梦，有梦也平淡。于是，讲梦，开场白往往是这样的：昨晚我上床睡觉，两条腿都弯起来睡着了，做了一个梦，这个梦好奇怪啊。有时候这个梦本身很简单，不奇怪，也不好玩，但为了能让小伙伴有兴趣听，为了自己的梦能超过别人的梦，满足自己小小的虚荣，就非得添油加醋，讲得曲折离奇。那不是讲梦，而是编梦了。我常常想，现在写小说，编故事，是不是跟小时候编梦有关系呢。小时候还经常做一个梦，就是夜里要尿尿，到处找地方尿尿，好不容易找到一个小河边，哗哗哗地尿，好不痛快。第二天醒来，十有八九床上湿漉漉一片，尿床了。

我在念中学的时候，反复做一个奇怪的梦。梦到一个杂技演员，女的，比我稍大一点，面相我记不清楚了，穿着紧身衣，在高空挺拔着身子走钢丝，走得小心翼翼，一歪一斜，每次都没走到底，不是没走成功掉下来，而是走了一半，我就醒了。我一醒，梦就中止，杂技演员也就不能走下去了。每次都是这样，不知道为什么。有一天我突然想到，之所以她走到一半我就

醒来，是因为我潜意识里是担心她掉下来的，老是这么担心，所以就醒了。我后来又仔细想想，那个玩杂技的女的，我是见过的。我曾经在我们乡的剧场里见过她的表演。一个老头，带着几个女孩，在台上走来走去，口里念念有词，然后有的女孩表演钻火圈，有的女孩表演高空飞人，有的女孩表演顶碗，我梦里的这个女孩表演的是走钢丝。我感觉她是新手，因为走得歪歪扭扭，几次要跌落下来，让我的心提到嗓子眼。但，最终好像没有跌下来。

还有一个梦，估计很多人都做过，就是睡着睡着，迷迷糊糊中，突然有人推门。当时头脑突然清醒起来，明明知道那个人手里拿着枪，一步步向这边走来，便想坐起来，喊人。但总是动不了，也喊不出来。越是动不了，越是喊不出来，越要动，越要喊。奇怪的是，从门到床，明明很近的距离，那人却总是走不近来。于是，我反复地挣扎，反复地喊。还是挣扎不起，喊不出声。那种恐惧和绝望在持续着，人几乎要崩溃。后来，突然就醒了。醒了，一身冷汗。与这个梦相类似的，就是掉入无底洞中，想往上飞，飞不起来，喊，也喊不出，只好眼睁睁地看着往下掉，坠落的过程是漫长的，恐惧也是漫长的，因为梦不醒，就要往下落，总是落不到底。梦醒了，什么也就结束了。同样是一身冷汗。这两个类似的梦，不止一次地做，反映了现实生活中经常有不安全感、恐惧感。

工作以后，经常做到高考的梦。梦到自己考得一塌糊涂，不是把一整面的试题忘做了，就是把答题纸涂错位了，甚至缺考了某门科目，这门功课是零分。当时我在梦中是多么着急、悲观失望。醒来庆幸是一个梦，不是现实。这可能跟我不喜欢考试有关系。也说明我的生活是有压力的，处处充满了危机，更谈不上春风得意。

还有一个梦。苍茫的田野中，有一农人在犁地。没有牛，农人推起犁辕轻松自然，毫不费力。犁起处，黄土翻滚，出现了许多虫子，皆白色，透明，饱满。有的当场被犁铧刺破，里面是白色的液体，融入土中，踪迹皆无。没被犁铧刺破的，被捡拾到背篓里，带到家中，放在院子里。第二天，农人起床，看到背篓里一条白虫也没有了，满满的，是一条条蠕动的又长又粗的花蛇。

最近做了一个梦，印象极其深刻。梦见一个人犯了法，被发配到很远的地方充军。每天，被关在一个地下室里挖煤不止。当他累了，拄着锹，抬起头，竟然能透过地下室的层层楼板，看到二楼有一个姑娘，或看书，或听音乐，或上网，或拿着手机把玩，或站在窗口沉思。她在沉思什么呢？是不是在思念他呢。而那个姑娘，就是他朝思暮想的最相爱的女人。这个女人现在还爱他吗？他们只隔了两层楼板，却不能相见，不能说话。就这样，不知多少年过去了。有一天，突然发生了地震，楼板轰塌，他被埋在了地下室一个窄小的空间里，而巧的是，那个姑娘正好跌落在这空间。他们终于见面，相拥在一起。这是个并不新鲜，但也是很奇怪的梦，跟一篇小说一样。

关于梦，古今中外都有解释。中国最古老的是《周公解梦》。现在我们做梦了，还常常会查看周公是如何解释的，但往往无厘头，没什么道理可言。比如周公说，女人梦见蛇，自己和孩子都会病倒；梦见一对蛇，很快会分家；商人梦见一对蛇，能发大财。这样笼统的不根据个人情况的释梦，很牵强，没有任何道理可言。有一阵，我经常做牙齿脱落的梦。我记不清是上牙还是下牙，总之，用舌头顶顶，一颗牙就掉下来，不疼，也没有血。我拿在手里看，牙很大，表面上有许多印痕，一道一道的。然后我手一扬，牙便落在尘土里不见了。我翻《周公解梦》，说梦到牙脱落，会有亲人亡故。我就很紧张，提心吊胆，万幸并没有亲人不吉的消息。就想所谓的解梦，不过是古人的臆想。而我总梦到牙脱落，可能是因为那阵牙老是发炎的缘故。外国最古老的解梦书是弗洛伊德的《梦的解析》，后来又有埃里希·弗罗姆的《被遗忘的语言》。他们都对梦做了详尽的精神、心理方面的解读，读之让人心服口服。弗罗姆说："我们沉睡之际，我们就以另一种存在形式苏醒了。"弗罗姆还说："所有的神话和所有的梦都有一个共同点，它们都是以同一种语言——象征语言——'写作'的。"这些，都让我更为信服，并且常常在梦醒之后，将梦与自己的生活、心理对照，观照自己的另一个存在，寻访梦中的我是以怎样神奇的语言"写作"的。

于是我想到，人的一生分白天黑夜一明一暗两条主线向前推进。黑夜是白天的补充，梦是现实生活的延续。它向我们呈示了另一个神秘而瑰丽的世界，让我们寂静的夜晚更加丰富多彩，让人留恋。

咸盐碎雨

希望

　　那天去电视台办事，回来的时候打的。的哥长得棱角分明，很有明星相，问，你是电视台的？我说不是。他问，那到电视台干啥？我说，玩。他说，不是录节目吧？我说，我五音不全的，普通话都不会说，录什么节目呀。他说，方言故事会呀。我笑了。方言故事会，是我们市电视台的品牌节目，有一个大光头，拿着扇子，用盐城话硬硬地说，收视率不低呢。当年曾经录过我一期节目。见我没答话，那的哥主动说，我刚才录节目了。我说，方言故事会？他说，不是，公益广告。我说，好啊，也算为公益事业作贡献了。他自豪地说，那当然了。我问，他们怎么找的你？他说，有一个部门主任坐过我的车，说我长得棱角分明，很有明星相，就留了号码，就请我录节目，说以后有事还找我。我说，兄弟，这是一条道儿，可以走下去，旭日阳刚组合火不火？当年摆过地摊卖过水果打过零工扔过砖头，今年春晚一曲《春天里》，火了，明星了，你说比他们唱歌唱得好的，海了去了，为什么就他们会火？机遇啊，好运来了谁也挡不住。当年王宝强是民工，日子过得苦不苦？可冯小刚一部电影，他火了，成明星了，什么都改变了，这就是时也运也命也。的哥说，大哥你所言极是，我要等机会，咱成不了大明星，做个小明星也行啊。我说，机会来了咱把握住，没来咱好好开咱的车，拍拍公益广告也是很幸福的事，等名声大了，再找你拍片得有片酬了，当然公益广告咱不要钱，咱奉献，回报社会，关键咱得乐观，咱得有希望，有希望什么就有了，如果没希望，自己就把自己打垮了。的哥说，对，精辟，您一套一套的，应该做导演，您做了导演，我拍戏就全托您栽培了。我说，那是，我要做导演，编个的哥的故事，你就是男一号啊。的哥乐了，甭管怎么说，先谢谢您啊，跟您说话心里敞亮，痛快。说着笑着到了单位。的哥说，大哥你到建行干什么？我叹了口气，说，做生意亏了，想到建行找个朋友拿点贷款，二次创业，东山再起。的哥说，建行贷款好拿啊？我说，试试看呗，看运气呗，建行不是有助业贷款嘛。的哥说，大哥，祝你成功，咱们都有希望。我说，都有希望！挥手依依惜别。回到办公室，才想起车资还没给，坐着愣了半天，竟然什么事也没干。

公交车上

我坐在公交车的最后一排。一是可以少去让座的麻烦，一路坐到底；二是居高临下，观察着车内的一切。但见大家各行其是，自得其乐，秩序井然，一派和谐景象。老年人会与邻座聊天，甚至在谈论国家大事，钓鱼岛啊，半岛局势啊，谈得头头是道，津津有味。中青年大都在玩手机，有的看电子书，有的打游戏，有的玩微信，玩着玩着，还旁若无人吃吃地笑。笑什么呢？每个人都有秘密，这秘密使自己的内心世界充实而丰盈。我还发现一个现象，大部分人都喜欢坐在靠近过道的座位，不喜欢坐里面。看到有人来了，会很不情愿地欠欠屁股让位。所以大部分人都往后走，找座位单独坐，尽量不与人拼座。这是什么心态呢？是自我，是不合作，我捉摸不透。我的前面，有一对小情侣，头碰头，边说话，边吸溜吸溜喝牛奶。车停下了，女的忽然喊了一声，哎呀，到站了，快下车。早就说某某站到了，请下车的旅客做好准备，这俩准是说话说忘了。这两人着了火似的急匆匆地往下走，没注意手里的牛奶滴滴啦啦，一路洒在了座位上。上车的人看到这边有空座位，就挤过来，待要坐的时候，却发现座位上有一排牛奶渍，便立起身站在过道上，或继续往后。那两个座位就这么空了两站。这时，上来一对情侣，

看到这边空座位自然而然地走过来，当然不能立即坐上去，男的掏出餐巾纸，仔细地擦拭着座位，擦干净了，让女的坐。女的却不坐，请旁边一位稍长的人坐。那人连声说，不客气，我习惯站着，还不好意思地背过脸去。我分明看到那人上车的时候奔这边来想坐下的。那一对情侣也没坐。于是这两个座位又空了一站，被后来的人坐了。我对这对情侣，油然而生敬意。

还

女儿读高一，语文肖老师是学校的办公室主任，教学水平一流，对学生也认真负责。我女儿评价他上课很有激情，学识渊博，才华横溢。但由于是办公室主任，经常为一些公务出差，免不了要请别的语文老师来上课。女儿说，还是肖老师的课上得最出色，听着最顺耳。女儿还经常揶揄我，我们肖老师说了，现在许多作家都是虚的，充其量只算个作者，你呀，也是个作者罢了。我笑笑，觉得很有意思。女儿的语文课上到白居易的《琵琶行》，她回来背诵时，我无意中一听，觉得有错误。"春江花朝秋月夜，往往取酒还独倾。"当中的"还"，女儿读的是"hai"，而我记得应该读"huan"。古汉语中好像没有"hai"这个读音。我说是不是你读错了。女儿说，肖老师就是这么读的。肖老师还解释了，前面并没有说出去，所以就没有回来，所以应该解释为仍然，跟现代汉语中的"还"是一个意思，所以读"hai"。我说，作"仍然"解没错，可是古汉语中的"还"，只有"huan"一种读音，就是作"仍然"解释时，也应读"huan"。女儿说，肖老师说的不会错，肖老师从来不会错。我找来古汉语字典，给她看，她才相信，说，明天我要向他指出来。我说，你知道就行了，一个字的读音，不必太认真。女儿严肃地说，一定要指出来，全班那么多人读错了，而且一直要错下去，多可怕啊。女儿还开玩笑说，这回让他知道知道你这个"作者"的厉害。我说，你向他指出错误，不怕老师丢面子，不高兴啊？女儿"切"了一声，说，才不会呢，我们肖老师虚怀若谷，襟怀坦荡，不似你这小肚鸡肠。第二天，女儿果然向肖老师提出来"还"的读音。肖老师很认真地说，我再作进一步考证，然后答复你。我女儿回来很高兴，说，估计明天，他就会在班上纠正读音。可是，两个星期过去了，肖老师还没有在班上纠正，提都不提这事儿了。我说，你再提醒他一次。女儿摇摇头说，不了，好话不说二遍，再说就显得我小肚鸡肠了。

女儿再也不提这个读音了，仍然回来说肖老师上课怎样怎样好，怎样怎样耐听，怎样怎样有激情。肖老师的高大形象，不因为一个读音在她心里有丝毫损坏。

虫子

女儿宿舍的水龙头里突然冲下一只怪异的虫子，说蚂蟥不是蚂蟥，说鼻涕虫不是鼻涕虫，看着挺瘆人的。三个小女孩围着这虫子研究半天，研究不出半点名堂来，又都不敢碰，只好放水把它冲掉。过了两天，她们又发现了一只同样的虫子，在水池里。她们又研究半天，没研究出结果来，又放水冲掉。又过几天，水池里又有了一只。有人怀疑是同一个虫子。有人反对，说，前两天的虫子都冲到下水道去了，怎么可能爬上来，要爬也爬了一楼去啊，不至于专挑她们二楼吧。她们又在水池边研究，一致认为，这个虫子只有在水里才能生存，这几天她们决定不开水龙头，让水池迅速干燥下来，把虫子干死，让它自生自灭。过了两天，果然看水池里的虫子慢慢干裂，不再似先前那样黑亮了。她们很高兴，认为自己作了一个正确的决定。一个女生说，估计已经干死了，放在水池里太难看，恶心。于是放水把虫子冲了下去。没想到，过了两天，水池里又出现了一只虫子，与先前的一模一样，油亮亮的，极具生命力。几个女孩崩溃了。最后决定去找生物老师，弄清楚

这到底是啥虫子。但是，这三个女孩都来自不同的班级，生物老师也不是一个人，去找哪个班的生物老师，她们又定不下来。最后决定，还是不开水龙头，让虫子慢慢干死，总有一天，会干死的。女儿跟我讲这件事的时候，我哈哈大笑，说，你拿个垃圾袋，把它裹住放在地上踩死扔了，或拿个小石块在水池里碾死，再用水龙头冲掉，不就行了嘛。女儿摇摇头，我们几个女生看着那虫子都恶心，如果把它肚肠都碾下来，会恶心死的。

于是，那个虫子就在水池里待着等死。女儿每天回来都向我汇报那个虫子的情况。结论是，不知死没死，再等几天，防止还魂，前功尽弃。

等电梯

我在窗口，看到下晚自习的女儿骑着电瓶车到楼下，并脱离了我的视野，自己把电瓶车放到了地下车库。我打开门，等待着。去地下车库，再乘电梯到楼上，预计不会超过三分钟时间，可我等了五六分钟还不见她上来。我有点沉不住气了。正要下楼看看，电梯"嘀"一响，女儿跑了出来。

我问，我早就看你到楼下了，怎么这么长时间呢？她说，我在下面看一个大哥哥骑车往东边车库去了，就按着电梯等他，等了半天没见过来，不知怎么回事。我说人家走的是东边电梯。她恍然大悟，这单元跟那单元的地下车库是相通的啊，那我白等了啊。我说，如果你不确定他要乘这边电梯，最好不要等，时间要紧。她说，我怕他如果乘这边电梯，我却先上楼了，不是既耽误了他时间，又浪费了能源啊，再说，有时我落在后面，经常看到前面的人按着电梯等我啊。我笑了，夸赞道，送你一个爱心奖章，以资鼓励。女儿也笑了，说，互助互爱，应该的，咱不要这些虚名。

我觉得女儿真的长大了。

我爱你

凌晨醒来，迷迷瞪瞪翻了一本旧的《收获》，看了笛安的一篇小说《光辉岁月》。整篇小说已记不清楚了，印象深的是最后一句：我就像瞧不起这个仗势欺人的世界一样，瞧不起你。这个世界把我搞得狼狈不堪，可是我心里总有一个柔软的地方，心疼着它的短处。所以我还是爱这个让我失望透顶的世界的，正如，我爱你。

简单

我希望自己简单一些，事实上自己也并不复杂。只是身处乱世中，常常失去自我，有时为一些事情困惑。许多能顺理成章一步达到的事情，往往要翻几个跟头才能达到。"先晾他一会儿，让他知道难，然后再帮他一把，让他珍惜、懂得人情。"这是当下约定俗成的哲学、规则。人人都明白，人人都在其中周旋、消耗着无穷无尽的智慧。有时，在被设计好的圈套中走了一遭，会忍不住笑出声来，又被孙子玩了一把。偶尔，也迫不得已以同样的方法对人，明明是办妥的事，却很为难地说，有点难呢，遇到点麻烦。然后话锋一转说，快了，马上就好，我正在尽力，再给你烧一把火。等那人走了，也会想，这家伙会不会出了门也在心里说出同样的话来。

快乐

　　只要有可能，到处都洋溢着快乐，快乐能感染身边人，谁也不愿成天触目所见皆是苦大仇深的脸，那多让人沮丧呵。我不开车，连电瓶车、自行车都不用。出门，近的步行，远的乘公交或打的，体味到的是有趣的行走人生。昨晚，一个的姐，长的还不丑，见我上车一言不发，便拿话题引话，偏我兴致不高，接着苦大仇深地思考人生。的姐忍不住唱起歌来，唱的什么歌？我忘了。好像是情啊爱的当下流行歌。奇怪的是，她的音色竟有田震风范。我说，你唱田震的歌听听呢。她想了想说，我其实也挺喜欢田震的歌，以前也唱过，现在记不得词了，你提示两句词吧。我说，《未了情》吧。她唱了两句，还是唱不下去。不过，只两句词，已经有韵味了，足以把我苦大仇深的脸化解得非常柔和、感动甚至心花怒放。

思想的小花

超越意志，没有意志

今天早上，寒冷、阴沉，没有阳光。眼看着就要下雨的样子。我在上班的路上，看到一群鸽子，它们绕着一幢高楼，一圈又一圈地飞，接着，又绕着一棵高大的樟树，一圈又一圈地飞。

也许，它们是在做每天早晨固定的晨练吧。不发出一点声音，没有一只鸽子脱离队伍飞往别处去。看不出哪一只鸽子是队伍的首领，也看不出有谁维持秩序。但是，显然的，它们秩序井然。

我忽然想起并理解了米沃什的诗歌《一只鸟的颂歌》，其中有一句：超越意志，没有意志。并且，深深地为鸟类的精神折服，开始怀疑：人真的是最高级的动物吗？

不一样的樟树

路两边是高大的樟树。虽然它们都是樟树，但也稍有些区别。比如，这一棵的叶子更翠绿一些，那一棵的叶子隐隐地发红。

我就想，为什么它们会有这样的差别呢？也许是因为品种不同吧，就像人和人之间的差异一样，有的高一些，有的矮一些，有的白一些，有的黑一些。但是，无一例外的，这些樟树的枝叶，都在向外、向上扩展着，

争取更高，争取更广，争取更多的阳光。

人不也正是如此：始终向外、向上扩展着，争取更高、更广，争取更多的阳光。

站着，等着

入春，其他的树、花、草，都绿了。唯独那棵桃树没绿。起初，我还侥幸地以为它只是睡过了头。后来看看实在不对劲。与它相邻的另外两棵桃树花，开了，又谢了，叶子越来越大，可是，那棵桃树还是没醒来。

在那两棵桃树的绿的映衬下，那棵昏睡着的桃树愈发显得黑黝黝的，表皮干枯剥落，没有光泽，眼看快要朽断的样子。但是，枝干还有模有样地立着、竖着、伸展着，根仍支撑着它站得笔直，俨然活着一样。它可不像一个人，人死了，就倒下了，再没有力量支撑他的身体。树却不一样，即使死去，也仍笔直地站在地上，长久地站着，带着那一身枯朽的枝枝蔓蔓站着，沉默地站着，没有一丝动静。你根本不知道它这么站着还有什么意义。它也无须你懂。它站它的。

人死了就是死了，再无生还的可能。但是，一棵树呢，它的未来可保不准。说不定它站着站着，又活过来了，也许站上一年两年，也许站个十年八年，或者，更长些，都有可能。它那就不是死，是昏睡，是忘了醒。这一觉睡得可真够长的，养精蓄锐，聚足了力气，忽然在某个时候就醒了，说不定长得比以往还好呢。有些树不能完全醒来，它会醒来一半，另一半依然沉睡。它活它的，它睡它的，各自安然从容。它们站在一起，肩并着肩，一半枯，一半荣，自在安详。还有一些，一半都醒不来，只不过在树的某个地方，或许根部，或许枝头，或许枝干中间的某个部位，生出一些嫩枝绿叶，在风里摇曳。不管怎样，它醒了，想起了它的一部分梦境。

一棵死去的树，它才不倒下呢。只要没有天灾人祸，它就会一直站下去，一直等下去，无论等多久，它都会不焦躁地站在那儿等。似乎它是知道的：只要站着，就有希望，只要等着，就总有生还的那一天。所以，无论等多久，它都不会轻言放弃，轻易倒下。

思想的小花

看到夹竹桃初开一朵小花，我想，那算不算是夹竹桃新生的思想。一株植物在平常日子里平平淡淡，你看不到什么在孕育，有一天，开花了，整株植物光华灿灿，让人为之惊叹、驻足流连。

我活着，也如植物一般，大多数时候，都看似平平淡淡，有时，竟如死水沉沉，让人颓丧，连我自己都看不出有什么东西在孕育。但是，忽然的，会在某个日子里，有一些光华灿灿的思想产生，让我充满生机，自我感觉浑身都洋溢着耀眼的光芒。就像那开了花的植物。只是植物们开的小花，不仅照耀了自己，也照耀了为之驻足的人。我开的思想的小花却只是照耀了自己，没能惠及人类。

我想，作家就如那些植物一般，他们把自己思想的小花呈现出来，不仅惠及自己，更惠及人类。

与自己相处

我们与世界相处、认识的过程，也是与自己相处、认识的过程。

起先，我们总是将更多的目光盯着外界的人与事。外界的事纷纷扰扰，扑面而来，应接不暇。我们哪里还有时间顾及自身呢。生活才是首要的、必需的。大多数人，在人生的很长一段时间里，都过得浑浑噩噩，懵懵懂懂，如一叶浮萍，随波逐流。

有一天，忽有一件小事触动了你。你从这件事里看自己，看到自己的某一个方面。噢，原来我是这样啊，原来我有这样的想法啊，原来我这般脆弱啊，原来我如此自私啊……嘿，这是一个秘密。

认识自己，是一个缓慢又波折的过程。清醒地认识自己，更不是件容易的事。很多人度过漫漫人生，也未必真的认识了自己，还有很多人从未去认识过自己，他们的眼睛从来没有落在自己身上。

在与自己相处的过程中，在一件件事的磨砺中，我们慢慢认识了自己。点点滴滴的，小小的脾气、秉性、习惯、思维、想法、自私的念头、无法抑制的恶念……一次次发现自己一点点，认识自己一点点。有时候，认识自己，会比认识一个陌生人、外人更让我们自己心惊，发现自己不为人知的恶、残酷、自私，让自己不敢面对自己，并暗自庆幸，幸亏这是一个无人知晓的秘密。

真正地认识自己，需要一些精神：挖掘自己的精神，敢于面对的精神，不仅要能面对自己人性中善的、好的一面，更要能面对自己人性中阴暗的、惧于见人的一面。这不是件容易的事。很多时候，当我们发现了自身的恶时，我们做的并不是直面，而是回避、夺路而逃。仿佛那是我们羞于、惧于见到的敌人——自己——似的。是啊，那些自私、邪念、恶，就是我们自身的敌人，要战胜这些敌人，比战胜外界的敌人困难多了。它们与生俱来，顽固附体，根深蒂固，几乎可与我们同生共死，有时，甚至能杀灭我们自己于无形。我们该有多大的力量才能战胜它们啊。这真不是件容易的事。很少有人能做到。但是，有人做到了。更多的人，对自己采取了睁一只眼闭一只眼的态度，放它一马的态度，视而不见的态度，仓促而逃的态度，只是刚刚触及了它的皮毛，便败下阵来。

认识了自己人性中生而具有的这些弱点，有助于让我们去认识别人，更有助于理解别人。

万 物 生 长

早上步行上班，看到路边的油菜花开了，又谢了，结了好多细长的菜籽荚；豌豆花开了，又谢了，结了好多的豌豆荚。我想，它们生长于土地，从土壤里吸收养分，长成了这般模样。而其他的，比如韭菜、蚕豆、青菜……长成了别的模样。它们都同样从土壤里吸取营养。我呢，长成了人的模样。其实，人，也是出自于土壤，从土壤里吸收营养。只不过多绕了几道弯。从土壤里绕了那么多弯，生长出来的人类，也因之变得复杂，爱绕弯，纠结。不像那些植物，单纯，直接。但是，人在本质上，都向往单纯和直接，因为，那也是人的本质，如同动植物的本质。因为，我们同出自土壤。所以，人，爱大自然。

河边的一棵槐树开花了，远远看去一树浑然的雪白，靠近了还能闻到浓郁的花香。路边好多树、草、花，都开花了。一时这种花开，一时那

种花开，这边一朵，那边一簇，有些叫得出名儿，有些叫不出。有些朵大色艳，有些朵小色柔；有些毫不起眼，毫不张扬，有些开得轰轰烈烈，精彩纷呈。林林总总，不一而足。面对如此良辰美景，八十岁的老头，看了八十个春秋，也不会无动于衷吧？反正，我看了四十年，热爱之情竟越来越浓，依恋之情越来越烈。

以前眼里多是人事物事，忽略了自然。如今眼里更喜欢看看这枯荣周转的大自然。荣时欣喜，枯时怅惋。时至今日，我还常常惊讶，那些过去了的年岁，我是怎么度过的？也不知我是根本没看，还是看了，没注意，又忘了。或者，难道那些年，我竟浑浑噩噩的如死人一般，没有一丝一毫的感知能力？那些年我忙啊，忙着读书，忙着工作，忙着恋爱，忙着结婚，忙着生子，忙着育儿……这一忙，差不多半辈子过去了。回头一看，耽误了多少良辰美景。

在朋友的小区里，发现一棵樱桃树上结满了红通通的小果子，在阳光下泛着明亮的光泽，一路走下去，竟然看到五棵樱桃树上都挂着红红的小樱桃；昨天下午，在小区西门口假山石下面，先是一朵梅红的小花闯入我的眼帘，仔细一看，周围竟然匍匐了一地的小花，她们躲在石头下面的草丛里，悄无声息，竟也开得那样热烈奔放，似乎毫不介意开在阴暗不引人注目的角落里。事实上，这个春天，早有很多花开了，谢了，有些我默默地欣赏过，有些我匆匆地路遇过，更多的我不曾看到过，但它们都自在开放。不管你看或不看。白的、红的玉兰开了、谢了，红的、白的海棠开了、谢了，红的、白的牡丹开了、谢了，淡淡的香气四溢的紫萝藤也开了、谢了……现在，如果你细心，你会发现，连樟树也开花了。樟树是一个与众不同的树种。樟树在春天要经历两个时节。它在春天落叶，在春天开花，和竹子类似。春天，天暖和了的时候，别的树把缩进树枝的小嫩叶一瓣瓣抖出来，舒展在春阳下，樟树呢，一整个冬天，都像个斗士一样，裹着碧绿的衣装，挺立着。可是，一到春天，它就受不了了，再也挺不住了，一下子泄了气一般，呼啦啦往下掉叶子，枯叶落了一地，免不了环卫工人要抱怨，这一地的落叶，再加上乍暖还寒的风，多像秋天啊。

春天的樟树，一边抖落着旧的叶子，一边不吱声不吱气地把新叶子安置在刚刚秃了的树枝上，好像什么事都没发生似的，樟树还是那么郁郁葱葱的，但是，你若仔细，会发现，樟树的叶子变嫩了，在阳光下呈透明状，晶莹剔透。以前，我一直没发觉樟树是这样落叶的，我还以为它和松树一样，常绿着呢，直到这两年，我才发现了其中的奥秘。估计很多人和我一样，被它的四季常青迷惑了。樟树在落叶、长新叶的同时，又开着花。一年之计在于春，樟树对这句话的理解，肯定比人来得深刻。

还是在冬天的时候，我就暗下决心，一定要看清楚藤类植物是怎样爬上围栏的，树是怎么变绿的，花是怎么绽放的……真的不是诗上所说"忽如一夜东风来，千树万树梨花开"，树啊，花啊，藤啊，蔓啊什么的，都不是一朝而就的，他们每一天都在生长那么一点，只是细小微妙地变化常常被我们粗糙的眼睛忽略罢了。人又何尝不是如此，一天天地度过，生长，从幼年到童年到青年、中年、老年，一个个弹指一挥间，一个个十年过去了，一个个时代过去了，蓦然回首，恍然若梦，哪里想到，自己竟然老了，皱纹竟也爬上脸了，白发竟也钻出来了，运转了这么多年的身体开始出现这样那样的问题，需要修修补补了。若不是这些在提醒着你的老去，你还真的以为自己还小呢，还年轻呢。就如四季，若不是枯有时，荣有时，你还以为时时繁花似锦呢。就这么，在枯荣里，在时光里，万物都在生长着，凋谢着，岁岁年年地过去了，花谢了一季又一季，人谢了一茬又一茬，始终如一的，是更替，是万物都在生长。

失眠者的梦

许多年来，失眠一直困扰着我。陪同失眠一块困扰我的，还有头疼。也不知是因为缺少睡眠头疼的，还是因为大脑想到失眠就惆怅纠结而疼的，也许，两者皆而有之。失眠嘛，总是件让人头疼的事。

对付失眠，我可谓用尽心机。比如晚饭后运动半小时，洗个热水澡，让自己放松，吃一些促进睡眠的食物，看两篇枯燥的文章……正所谓的上有政策，下有对策，我的失眠，对付我，确有一套，在它面前，我唯有甘拜下风俯首称臣。再后来，我就随它去了，任它胡作非为，我就慢慢熬着吧。从手倦释书，到黑暗笼罩，到混混沌沌，到在黑暗中头脑昏沉沉的遐想，再到对睡眠急不可耐的期盼，继而是对即将来到的黎明的恐惧……这一夜，眼看就在我这一番煎熬中过去了，意识终于慢慢地退位了，真正的混沌侵袭我的周身，不仅眼皮，连同大脑，以及身体的每一个部位都变得昏昏然无知无觉。可就在这时，天"嚓"的一下，亮了，闹钟"叮铃铃"在耳旁炸响，一个漫长又短暂的夜结束了，我得起床，开始新的一天的轮回，工作、应酬。想到这些，我简直要绝望了，我一夜的努力全都付诸东流。其中滋味，非失眠者不得知。

不知什么时候，我喜欢上了写作。在对失眠的绝望、恐惧中，沉沦，沦陷，这恐怕是大多数人的常态。原本生理性的失眠，后来又加上了心理上的失眠，失眠变得愈发难以对付了。我呢，反其道而行之。当我对自己失望，知道自己不是失眠的对手的时候，我缴械投降了。起床，倒一杯白开水，打开电脑，开始写作。文字不仅滋养大脑，更滋养心灵。写作，是通向自己的最便捷的一条通道，在潜心写作中，我不仅忘记了失眠为何物，头也不疼了。更重要的是，我进入了一条幽深的通道，在那里，我获得了日常生活中无法企及的东西，那便是宁静和深邃。我感觉到一种自我的抵达，旷远的高渺。这给了我无上的满足。每当写完一篇短文，这满足便以一种宁静的幸福充满了我。我在这浑身洋溢着的幸福里，关电脑，关灯，把头枕在软绵绵舒适的枕头上，把身子埋在柔软温存的被子里，这时候，一切都是幸福的，包括不招即至的睡眠，它也是幸福的。我在这周身的幸福里，不费吹灰之力，便进入了香甜的梦境。

我的梦很浅，往往一个翻身或一声轻鼾，便会让我醒来。醒来后，我又继续入睡。我刚刚写下的文字，就在这睡睡醒醒、朦朦胧胧之间，变幻着，编织着。所以，我常说，我的文字，是我睡眠的一部分，我的书，便是失眠者的叹息，是漫漫长夜的呓语。这时候，我的文字是安静、清朗的，鲜有浮躁之气。可是，当我的失眠有所改善或痊愈的时候，我的大脑和心灵似乎因为没有了共同的敌人，而忘记了齐心协力，那时候，我的文字会像痛苦的鼾声一样此伏彼起不再安静，而变得异常浮躁。这时候，我便搁下笔，捧起书。因为，我知道，大脑和心灵，都需要书籍的慰藉。它们的慰藉，能让我去除浮躁，重获宁静。

当您读到我的这本书，我希望您能读到一个失眠者的叹息，甚至眼泪。也希望您，善良的读者，能祝愿我这个作者做一个好梦，梦中发出浅浅的鼾声，使夜晚更沉静。